Quand le cœur se dévoile

Photographie auteur
Suzy Cagna

Photographie de couverture
Étang de Vidrieux (Loire)
José Casatéjada, 3 novembre 2017

José Casatéjada

Quand le cœur se dévoile

Ce livre est une fiction. Toute référence à des évènements historiques, des personnages ou des lieux réels serait utilisée de façon fictive. Les autres noms et toute ressemblance avec des personnages vivants ou ayant existé seraient totalement fortuits.
Tous droits réservés y compris le droit de reproduction de ce livre ou de quelque citation que ce soit, sous n'importe quelle forme.

© José Casatéjada, 2025
Version 2
Édition : BoD · Books on Demand,
31 avenue Saint-Rémy, 57600 Forbach,
bod@bod.fr
Impression : Libri Plureos GmbH,
Friedensallee 273, 22763 Hamburg
(Allemagne)
ISBN : 978-2-3225-6939-7
Dépôt légal : Avril 2025

DU MÊME AUTEUR
José Casatéjada est membre
de l'association ligérienne
« Mots et Couleurs de la Loire ».

ROMANS

– **Fatidique Instant** – Books on Demand, 2017.

RÉCITS DE VOYAGES PÉDESTRES

– **Chemins Arvernes**, *Des monts Dore aux monts Dôme* – Books on Demand, 2020.
- **Via Compostela**, *Des monts du Velay à la Costa da Morte* – Books on Demand, 2021 (version 3 revue et augmentée).
- **Chemins en solitaire**, *Des monts d'Ardèche aux monts du Forez* – Books on Demand, 2023.
- **Via Stevensonia**, *Du Velay aux Cévennes* Books on Demand, 2024 (version 2 revue et augmentée).

À Sylvie,

« *Aimer, ce n'est point nous regarder l'un l'autre, mais regarder ensemble dans la même direction.* »

Antoine de Saint-Exupéry

1

Lundi 22 juin 1998…

Comme chaque matin depuis le début de la mission en janvier 1997, il déjeuna sur le plan de travail de la coquette cuisine.

La fenêtre au-dessus de l'évier offrait un point de vue imprenable sur la ville. En particulier sur la place circulaire de la paroisse, au pied de la résidence située à une centaine de mètres de la cathédrale du Divino Redentor.

Ce poste d'observation lui permettait de guetter l'arrivée du taxi qui le conduirait à son bureau. Il regarda sa montre : huit heures quarante-cinq. « Juan Carlos ne tardera pas, murmura-t-il ».

Le scientifique de haute stature à la chevelure abondante, courte et ondulée, saisit son porte-document. Il descendit par l'ascenseur, franchit le seuil de la porte d'entrée. Il fit quelques pas sur le trottoir, s'arrêta, leva la tête d'un mouvement lent, observa le ciel et pensa : « Bleu, lumineux, sans nuage, sans surprise. »

La berline noire surgit de l'avenue Cruz de la Misión, vira autour du rond-point et vint s'immobiliser contre le trottoir. Diligent, le chauffeur sortit de l'habitacle. Il contourna le véhicule et se précipita afin d'ouvrir la porte arrière droite. Les deux hommes se saluèrent :

« Bonjour, Juan Carlos ! Votre fils va bien ce matin ? interrogea-t-il en montant à bord.

– Bonjour, Docteur Cortone... Andresito se porte bien aujourd'hui, merci. »

Juan Carlos reprit sa place, verrouilla les portières, le moteur vrombit, l'automobile partit.

Son air débonnaire, sa bienveillance, son allure décontractée font de lui un personnage attachant. Toujours prêt à servir son prochain, il est l'un des chauffeurs attitrés de la compagnie de taxi habilitée à transporter le personnel étranger de la mission. À ce titre, il applique les procédures de sécurité à la lettre et se sent investi de grandes responsabilités. Il éprouve une fierté manifeste à transporter le Dr Giacomo Cortone, homme de considération et anthropologue de renommée internationale dans sa spécialité.

Entre les deux personnes s'était créée une relation cordiale du fait que depuis une année et demie l'un véhiculait l'autre au moins deux fois par jour. Ils avaient appris à se connaitre un peu.

Juan Carlos savait que son illustre passager était né à Cortona en Italie, ville de moyenne importance dans la province d'Arezzo en Toscane, qu'il avait étudié à l'Université Panthéon-Sorbonne Paris I, qu'au début de sa carrière il avait travaillé au musée de l'Homme, le célèbre Museum of Mankind de Londres, qu'il résidait à Paris où il exerçait au Centre National de Recherche Scientifique. Il le savait âgé de quarante-deux ans, veuf et sans enfant.

Le conducteur se demandait parfois pourquoi ce bel homme, dont les yeux lumineux éclairaient un visage hâlé et harmonieux, n'était pas en couple. Bien que la question lui brulât souvent les lèvres, jamais il ne se permit de la poser.

Quant à lui, il avait révélé au Dr Cortone qu'il conduisait les taxis de son entreprise depuis de nombreuses années, qu'il était marié, père de cinq enfants, deux filles et trois garçons dont

Andres le petit dernier qui souffrait d'une maladie auto-immune.

Dans cet espace clos aux senteurs de vieux cuir, les conversations auraient pu sembler banales à quiconque, mais elles maintenaient une forme de lien social entre les deux hommes.

Le véhicule parvint à destination sur le parc de stationnement du musée de la Culture de Teotihuacán, site archéologique historique de la civilisation aztèque. Le chauffeur déverrouilla les portières, sortit, ouvrit la porte arrière droite en respectant de nouveau les mêmes règles de bienséance qu'au départ.

L'anthropologue mit pied à terre :

« Bonne journée et à ce soir, Juan Carlos.

– À ce soir, Docteur Cortone. »

Giacomo pénétra dans le bâtiment afin de rejoindre son bureau situé au rez-de-chaussée.

***

L'arôme du café chaud embaumait les couloirs : « Je ne suis pas le premier, marmonna-t-il ». Il soliloquait souvent lorsqu'il se savait seul. La coutume instaurée était que le premier arrivant préparât le café pour les collègues au salon de l'étage.

Il posa son porte-document sur une chaise et sa veste sur la patère de la porte d'entrée. Comme d'habitude, il grimpa les marches deux à deux, gravissant l'escalier d'un trait jusqu'à l'étage.

De retour dans son sobre bureau, il consulta les appels téléphoniques. Vendredi soir Alan Ferrell, son directeur de mission au CNRS, avait appelé à trois heures quinze, soit vers onze heures à Paris. « M'imaginait-il assis au bureau en pleine nuit ? Avait-il oublié le décalage horaire ou bien que les bureaux du musée n'ouvrent qu'à neuf heures ? grommela-t-il ».

D'un rapide coup d'œil, le Dr Cortone regarda sa montre ; elle indiquait onze heures et demie. « Ce cher Alan a dû quitter son cabinet de travail, s'exprima-t-il à voix basse. » Il composa le numéro, entendit la tonalité et patienta, à tout hasard. Le Professeur décrocha :

« Allô ! Bonsoir, Professeur Ferrell…

– Bonsoir, Giacomo ! Une minute de plus et je n'étais plus à mon bureau. Vendredi j'ai tenté de vous joindre sans succès, il est vrai que j'avais négligé le décalage horaire. »

Le Pr Alan Ferrell monologua pendant quarante-cinq minutes et termina en annonçant qu'il avait déjà informé le Pr Ortiz Aguilar.

Giacomo écouta, acquiesça par de brèves paroles et courtes phrases : « Bien… D'accord… Je m'en occupe dès demain… Comptez sur moi, ce sera fait… Avant mon retour… Au revoir, Alan. »

Le Dr Cortone ne raccrocha pas le téléphone au terme de cette conversation. Décontenancé au plus haut point, il prit le combiné de l'autre main, puis le posa, circonspect.

Il réfléchit un instant, se leva avec lenteur, se dirigea vers la fenêtre au fond du bureau. Debout, les mains croisées dans le dos, il resta là, le regard fixé sur les cactus de toutes sortes, agaves et autres variétés de plantes piquantes. Elles semblaient toutes s'accommoder de l'arène volcanique et aride de l'ancienne cité aztèque brûlée par le soleil.

Il soliloqua à mi-voix : « Pas d'explication, aucun motif. Des vacances en ce moment ? Pourquoi demande-t-il que je passe à son bureau avant de revenir ici ? Pourquoi a-t-il déjà avisé le Professeur Ortiz ? Sans doute obtiendrai-je davantage de précisions en le questionnant. Je dois obtenir une entrevue avec lui après le déjeuner. »

Le Pr Ezequiel Ortiz Aguilar, homme de taille moyenne, ventripotent, d'apparence joviale et fumeur de cigares, dirige le musée de la Culture de Teotihuacán. Il est responsable de cette mission en partenariat avec le CNRS et représente l'Institut National d'Anthropologie et d'Histoire de Campeche dont dépend le musée.

Giacomo Cortone vaqua à ses occupations quotidiennes. Les fouilles, travaux et recherches progressaient tel qu'il le souhaitait. Le planning des visioconférences suivait le cap prévisionnel. Les articles à paraître le seraient en plusieurs langues : Français, Espagnol, Anglais. Travail rédactionnel fastidieux que les médias officiels ainsi que la presse scientifique internationale spécialisée diffuseraient.

Le Dr Cortone composa le numéro de téléphone de la secrétaire personnelle du Pr Ortiz. Il sollicita un entretien avec le directeur au plus tôt, en fonction de sa disponibilité.

Cette après-midi son agenda disposait d'une courte plage horaire entre quatorze heures trente et quinze heures. Elle interrogea le Professeur ; il le recevra dans cet intervalle.

À l'heure convenue, Giacomo fut introduit dans le vaste et austère bureau du Professeur. L'odeur du tabac froid, qui empestait la pièce, l'incommoda : « Bonjour Docteur Cortone... Asseyez-vous ! s'exclama-t-il en désignant l'un des deux fauteuils disposés autour d'une table basse. » Il se leva, le rejoignit et prit place sur l'autre siège dans une posture étudiée qui imposait le respect.

Avant que Giacomo eu le temps de prendre la parole, le Pr Ortiz intervînt de nouveau :

« Que me vaut l'honneur de votre visite ? déclara-t-il dans une attitude de décontraction simulée, jambes croisées, bras à plat sur les accoudoirs, mains pendantes.

– Bonjour, Professeur Ortiz. Ce matin, j'ai eu une conversation téléphonique avec le Professeur Ferrell qui m'a décontenancée, je l'avoue...

– Alan m'avait informé de son intention à votre égard, coupa-t-il.

– Je ne comprends pas qu'il insiste autant afin que je prenne cinq semaines de vacances cette année. Certes, les travaux progressent selon le programme établit. Le temps qu'il reste nous sera très utile et nécessaire afin de mener les recherches à leur terme, car...

– Sachez que je suis en tout point d'accord avec les propos du Professeur Ferrell, coupa-t-il de nouveau. Je sais pertinemment que les résultats actuels sont très encourageants, que le programme s'achèvera par un succès, que tous les membres de l'équipe, vous y compris, parviendront à terminer le travail en temps voulu. Alors, je vous engage vivement à profiter de cette période de repos. Revenez en forme et dans d'excellentes dispositions afin d'affronter l'épreuve finale.

— Serai-je le seul soumis à cette mesure ?

— Non, évidemment. Vos compagnons le seront également, chacun à son tour… Veuillez m'excuser, je suis attendu en salle de réunion, ajouta-t-il sur un ton sentencieux, l'air grave.

— Merci Professeur Ortiz pour le temps que vous avez accepté de me consacrer. »

Le directeur se leva, puis raccompagna son interlocuteur jusqu'à la porte.

Le Dr Cortone sortit et rejoignit son bureau dépité, comme après l'appel du Pr Ferrell. Tous deux avaient tenu un discours similaire à propos de l'*épreuve finale*. Qu'était donc cette *épreuve finale* ? Giacomo se persuada que tous deux fomentaient une action relative à la mission. Il appela son confrère Alejandro et l'entretint directement de ce sujet.

Le Dr Ramirez l'informa qu'il était soumis à la même disposition : le Pr Ortiz lui avait intimé l'ordre de partir en vacances.

À ce propos, Alejandro avait eu l'intention d'interroger Giacomo lorsqu'ils buvaient le café ce matin. Ne l'osant pas il était resté muet devant la fenêtre. Après une brève discussion sur les faits et leur ressenti respectif, ils conclurent qu'il y avait anguille sous roche. Ils s'engagèrent à s'informer mutuellement en cas d'informations nouvelles.

***

Durant les huit jours suivant, Giacomo régla les affaires en cours concernant ses travaux et prépara son départ.

Puisqu'il était astreint à prendre des vacances, il décida d'aller en France chez ses parents auxquels il n'avait pas rendu visite depuis très longtemps.

Il les appela et les informa : « Bien sûr, nous serons contents de t'avoir à la maison. Onze longues années que nous attendons de te revoir, ton père et moi, conclut sa mère. »

2

Mardi 30 juin 1998…

Comme chaque matin depuis le début de la mission, en janvier de l'an dernier, le Dr Giacomo Cortone prit le petit-déjeuner très tôt sur le plan de travail de la cuisine.

La fenêtre au-dessus de l'évier offrait un remarquable point de vue sur la Plazuela de la Parroquia, au pied de la résidence. Ce poste d'observation lui permettait de guetter l'arrivée du taxi qui l'amènerait à l'aéroport international de Mexico. Observant sa montre, il chuchota : « Sept heures, Juan Carlos ne tardera pas. »

Il empoigna une lourde valise et un énorme sac de voyage, descendit, franchit le seuil de la porte d'entrée, fit quelques pas sur le trottoir, s'arrêta. À l'inverse de son habitude, il ne regarda pas le ciel, qui était bleu.

La berline noire surgit de l'avenue Cruz de la Misión, vira autour du rond-point, s'immobilisa contre le trottoir. Empressé, Juan Carlos sortit de l'habitacle. Il contourna le véhicule, se précipita sur la poignée de la porte arrière droite afin de l'ouvrir. Ce coutumier ballet se répétait chaque matin et chaque soir. Les deux hommes se saluèrent :

« Bonjour, Juan Carlos ! Changement de programme aujourd'hui… Conduisez-moi à l'aéroport, s'il vous plaît… Je dois prendre l'avion pour Madrid.

– Bonjour, Docteur Cortone… Le trafic est fluide ce matin. À quelle heure votre vol ?

– À onze heures dix.

– Dans quarante minutes nous serons sur place.

– Pourquoi vous passez par l'aéroport de Madrid, Docteur ?

– Parce qu'ensuite j'ai un vol direct qui arrive à Lyon, à quelques dizaines de kilomètres de chez mes parents… J'ai hâte de les revoir.

– Je comprends, Docteur, dit Juan Carlos avec un sourire au bord des lèvres. »

Le chauffeur saisit les bagages et les chargea dans le coffre. Il reprit sa place, verrouilla le hayon du coffre, les portières. Le moteur rugit, l'automobile démarra, s'engagea dans l'avenue Cruz de la Misión.

Au bout de l'artère le taxi tourna à droite, franchit le Puente del Emperador, roula jusqu'à l'échangeur. Elle s'élança sur l'autoroute 132D en direction de la capitale fédérale. Cette voie rapide orienta le véhicule vers la tentaculaire conurbation de Mexico City.

Sur la majeure partie du parcours autoroutier, outre les cailloux, graviers et autres détritus, une multitude d'objets encombraient la bande d'arrêt d'urgence : papiers, pneus entiers ou déchiquetés, bouteilles en plastique, bouteilles de verre cassées, chaussures, clayettes, boîtes en carton... Mieux valait ne pas se trouver dans l'obligation d'utiliser ce passage de secours. Les risques encourus par les usagers étaient patents.

L'automobile traversa des étendues continues de villages et de *ciudades perdidas*, des bidonvilles constitués de bric et de broc. Juan Carlos engagea la berline dans les labyrinthes de l'inextricable banlieue de la capitale mexicaine. La mégapole s'étalait sur mille quatre cent quatre-vingt-cinq kilomètres carrés.

Le regard attristé, le Dr Cortone regarda défiler la kyrielle d'habitations construites parfois aux abords immédiats de la chaussée.

Des maisons, des immeubles, des magasins d'aspect moderne s'élevaient ici et là. À leur pied s'amalgamaient de nombreux et modestes assemblages, simples amoncellements de tôles, de bois et de bâches en plastique. La plupart d'entre eux paraissaient inachevés comme s'ils étaient en perpétuelle évolution.

Dans les rues, qui se croisaient à angle droit, le linge séchait aux fenêtres, des enfants jouaient, riaient. De multiples familles survivent dans de telles conditions d'hygiène, de pauvreté et d'insécurité, songea le scientifique.

« Je viendrai me rendre compte à mon retour, murmura Giacomo tandis que, soucieux, Juan Carlos l'observait dans le rétroviseur. »

Le décor changea, lorsqu'ils circulèrent dans les mailles perpendiculaires du réseau des rues de Mexico. Juan Carlos informa son passager que l'arrivée était imminente.

Le conducteur roula avec précaution sur la voie réservée aux taxis. Il stationna le véhicule juste devant l'entrée du terminal 1. L'exercice achevé, il accomplit le cérémonial habituel, sortit du coffre la valise, le sac, puis les chargea sur un charriot porte-bagages. Les deux hommes se saluèrent, puis accolades et tapes cordiales sur le dos. Juan Carlos remonta dans la berline et repartit.

***

L'enregistrement des bagages et les formalités douanières accomplis, le Dr Cortone consulta le tableau d'affichage des départs. Le vol à destination de Madrid était annoncé à l'heure, le départ étant prévu à onze heures dix et l'embarquement à la porte G du terminal 1.

Dès que la montée à bord fut autorisée, les passagers se présentèrent au guichet d'entrée de la passerelle aéroportuaire. Après vérification de la carte d'embarquement ainsi que du document d'identité les passagers s'engouffrèrent dans le tunnel télescopique. Les uns derrière les autres, ils étaient accueillis par les sourires « *émail diamant* » des hôtesses et stewards de bord. Ils les dirigeaient vers leur place en fonction du numéro de siège et de la classe touristique.

Giacomo examina son titre de transport : place A40 en classe Economic, à côté du hublot gauche. Il avait réservé cet emplacement afin d'admirer le plus longtemps possible l'étonnant volcan Popocatepetl, lorsque l'aéronef passerait à proximité.

L'avion roula sur le tarmac, puis se positionna au bout de la piste face au vent ; la manche à air indiquait sa direction. « Dix minutes d'attente avant le décollage, annonça le commandant de bord d'une voix nasillarde. »

Pendant que les dernières vérifications de la fermeture des portes s'opéraient, les ceintures de sécurité se resserrèrent à la taille, les semelles pénétrèrent davantage dans la moquette, la plupart des regards se tournèrent vers l'avant de l'appareil. Les secondes s'égrenèrent au ralenti, devinrent anxiogènes pour certains passagers. De longues minutes d'angoisse s'écoulèrent pendant lesquelles des femmes et des hommes se signèrent à la hâte afin de ne pas attirer l'attention du voisinage immédiat.

Les réacteurs montèrent en régime, les freins complètement serrés semblèrent ne plus retenir le jet. Quand le pilote les desserra et mit les gaz à fond, l'Airbus s'ébranla, accéléra, les vibrations balancèrent les ailes de bas en haut, les corps s'enfoncèrent au fond des sièges, les dos se plaquèrent contre les dossiers.

Lorsque l'appareil se cabra et n'eut plus de contact avec le sol des passagers se signèrent de nouveau plusieurs fois tandis que des mains se crispaient sur l'extrémité des accoudoirs. Des têtes se tournèrent en direction des hublots afin d'apercevoir la terre mexicaine s'éloigner au fur et à mesure de l'ascension dans les airs.

Un bruit métallique brutal et sourd se fit entendre sous la carlingue. Les expressions de certains visages traduisirent la stupéfaction ou l'interrogation. D'autres affichèrent des regards suspicieux à la recherche des indices d'un fait alarmant. Les trappes des trains d'atterrissage venaient de se refermer. Appréhension tout de même, d'autant plus lorsque l'on sait que l'aéroport s'enclave dans la périphérie de la ville. Pas de panique à bord, le décollage fut une réussite.

L'appareil survola une marée d'habitations disposées en ilots de forme rectangulaire qu'un gigantesque voile de pollution jaunâtre occulta peu à peu. L'appareil prit de la hauteur, s'extirpa de l'écran insalubre. Sous ses ailes vivaient, dormaient, travaillaient dix-huit millions d'êtres humains disséminés sur une incommensurable aire urbaine. Familier des voyages aériens, le Dr Cortone n'éprouva aucune crainte. Cependant, il s'étonna une fois de plus, car l'Airbus dans lequel il était assis ne pesait pas moins de deux cent soixante-dix tonnes en charge et s'élevait léger tel un oiseau. « Les connaissances de la mécanique du vol ont beaucoup évolué depuis que les ailes d'Icare avaient fondu sous l'action du soleil, pensait-il en souriant intérieurement. »

Peu de temps après avoir dépassé la lagune Nabor Carrillo, l'appareil changea de cap pour se diriger vers le sud-est. Quelques minutes de vol et il modifia de nouveau le cap en s'orientant au sud-ouest, en direction du mont Tlaloc, un vieux massif érodé d'origine volcanique.

À partir de ce point précis, l'avion se rapprocha du Parc National de Iztaccihuatl-Popocatepetl. Deux strato-volcans que les Aztèques surnommaient : *la femme blanche* et *la montagne qui fume*.

À cinq mille quatre cent cinquante-deux mètres d'altitude, le sommet enneigé du second étincelait de mille feux sous les rayons lumineux de Phébus. Le cratère du Popocatepetl rejetait avec lenteur un gigantesque panache de fumée dont les volutes blanches s'étiraient vers l'est. Cette vision rare inspira Giacomo : « *Dieu est un fumeur de havanes,* fredonna-t-il en parodiant le titre du succès de Serge Gainsbourg. »

Le spectacle hors du commun et inoubliable se jouait en plein ciel face à un public ébloui d'admiration. Des applaudissements éclatèrent parmi les passagers, tandis qu'un large virage renvoyait l'engin vers la côte est du pays.

À douze heures quinze, au-dessus du golfe du Mexique, le commandant de bord annonça qu'en passant au nord de Veracruz l'appareil avait atteint son altitude et sa vitesse de croisière. Plus tard, il indiqua que l'avion survolait le sud de la Floride, puis ce furent les Bahamas. Dès lors, le pilote prit le cap nord-est. L'appareil vola au-dessus de l'Atlantique, en direction de la péninsule ibérique.

Blotti au fond du siège, Giacomo réfléchissait à son séjour en France. Il avait pris soin de prévenir ses parents qui l'attendaient avec impatience. Le scientifique n'avait pas revu sa région natale depuis onze ans.

Il avait contacté des amis d'enfance qu'il souhaitait revoir. Ils se promirent de belles heures à partager ensemble. L'anthropologue envisageait aussi d'arpenter des sentiers dans les monts du Forez, de revisiter des lieux enfouis dans sa mémoire.

Le savant jeta un regard par le hublot. Au-dessous de l'avion, il aperçut la masse liquide foncée et mouvante de l'océan émaillée de minuscules crêtes blanches plus ou moins parallèles. Elles trahissaient la présence de grosses vagues qui roulaient en surface les unes derrière les autres. Aucun navire n'était en vue.

Au-dessus, l'azur du ciel paraissait infini. Paraissait seulement, car il remarqua vers l'avant de l'engin une zone brune qui recouvrait l'arc visible de l'horizon terrestre. Elle se rapprochait rapidement. Se succédèrent le déclin du jour, le crépuscule et le soir. La nuit ne tomba pas sur la Terre. Elle l'enveloppa d'une noirceur éthérée qui masqua le bleu de la voute céleste.

L'attention de Giacomo fut attirée par les allées et venues de certaines personnes. Elles regagnaient leur place, refoulées par les charriots de restauration que le personnel de bord déplaçait dans les travées.

Après le frugal repas, l'aéronef s'enfonça dans l'obscurité du firmament. Au fond scintillaient à profusion des étoiles plus rayonnantes les unes que les autres.

3

Mercredi 1er juillet 1998...

L'Airbus atterrit en avance. L'oiseau de métal roula sur le tarmac jusque devant le terminal 4 de l'aéroport Adolfo Suárez de Madrid-Barajas où il s'immobilisa.

Ceci ravit le Dr Cortone, car l'embarquement du vol direct à destination de la France se réaliserait dans ce terminal dans un peu plus d'une heure.

L'anthropologue profita de la courte escale pour savourer tout à loisir un copieux petit-déjeuner. Il flâna ensuite dans les boutiques de la galerie marchande et le *duty-free*.

Giacomo téléphona à ses parents avant de rejoindre la salle d'embarquement. Il monta à bord de l'appareil où il prit place. L'engin décolla à l'heure prévue.

Le Dr Cortone arriva à l'aéroport de Lyon-Satolas. Il récupéra ses bagages, les clés de la voiture qu'il avait réservée et sortit de l'aérogare valise en main, sac en bandoulière. Dehors, il se campa sur le trottoir, scruta le ciel nuageux. Le regard rempli de joie, il inspira à pleins poumons sa première bouffée d'air du vieux continent depuis bien longtemps. « Bienvenue au pays, s'exprima-t-il à demi-voix. »

Un bus navette de l'aérogare le conduisit aux places des véhicules de location où il rechercha celui qui lui avait été attribué. Un peu désorienté, il prit enfin la route. Au Mexique il se laissait conduire !

Accès et sorties de l'aérogare avaient été modifiés depuis son départ pour Londres en 1984. Il compta sur la signalisation routière afin de suivre l'itinéraire jusqu'à Saint-Etienne.

Parvenu au quartier de La Terrasse, il se dirigea vers la route nationale N82. Il traversa une partie de la plaine du Forez via villes et villages : La Fouillouse, Andrézieux-Bouthéon, Bonson, Sury-le-Comtal et Montbrison.

Entre ces deux dernières localités, Giacomo revit en toile de fond les monts du Forez ainsi que Pierre-sur-Haute, son plus haut sommet. À mi-parcours de la voie rectiligne trônait à son voisinage la minuscule éminence volcanique de Saint-Romain-le-Puy. Piton surmonté d'une remarquable église prieuriale d'architecture romane. Le Dr Cortone se réjouit de revoir sa région natale. Roulant vers ses attaches, il arriva enfin au terminus : Montbrison.

Il stationna la voiture sur le parking devant l'immeuble où résidaient ses parents.

Giacomo descendit, chargea le sac sur une épaule, empoigna la valise, se présenta à la porte du hall. Il se retourna et regarda les façades défraichies d'un coup d'œil circulaire : « Tout était neuf lorsque papà, mamma et moi nous sommes venus habiter ici, chuchota-t-il. »

Il sonna, puis entra lorsque la serrure se déverrouilla. Un sourire s'esquissa sur ses lèvres en voyant le nom de ses parents sur l'étiquette de la boîte aux lettres, car il l'avait lui-même placé dessus.

Une odeur de renfermé mêlée d'humidité et de gazole régnait dans l'entrée. Il se rappela qu'elle provenait des caves mi-enterrées dans le sous-sol. L'anthropologue revint au présent dès qu'il identifia les pas lourds de son père dans l'escalier.

***

Mario, cheveux gris et dos vouté, se précipita vers son fils. Il l'étreignit contre son torse sans mot dire. Son fils bien aimé, les yeux fermés, l'enlaça avec force lui aussi.

Bien que pesante, son père mit un point d'honneur à porter seul la valise jusqu'à l'étage. Mario, homme petit et maigrelet, est de ceux qui vont jusqu'au bout de leurs idées. Il parvint à l'étage essoufflé, le visage rougi par l'effort. Le Dr Cortone s'étonna de le voir haletant et dans cet état de fatigue.

Sa mère les attendait sur le seuil, large sourire aux lèvres, les bras grands ouverts. Maria, femme au visage empreint de bonté, illuminé par des yeux clairs, attira son fils à elle et l'embrassa avec enthousiasme. Elle le prit dans ses bras avec cette tendre gestuelle que les mères savent témoigner dans de telles circonstances. Les mots furent inutiles, car attitudes, contacts, enlacements, câlineries, regards et baisers, les remplacèrent.

L'amour parental annihila la condition du scientifique. Il n'était plus le Docteur Giacomo Cortone, éminent spécialiste de l'anthropologie, sommité mondiale connue, chercheur au CNRS. Ces distinctions honorifiques les dépassaient, il redevenait de manière humble et affectueuse, leur fils Giacco.

Vinrent les questionnements, car Maria ne put se retenir. Ni tenant plus, elle désira savoir :

« Pourquoi tu n'es jamais revenu chez nous après ton départ de Londres ?

– Le moral au plus bas, je ne souhaitais revoir personne. Je voulais oublier ce cauchemar et le Royaume-Uni au plus vite… Trouver une situation ailleurs, me consacrer corps et âme à mon travail, telles étaient mes aspirations à l'époque.

– Si ce n'était pas avec nous, tu aurais pu joindre des amis, des connaissances pour parler, te remonter le moral, te soutenir.

– Ce n'était pas aussi simple. Je vous ai téléphoné souvent… Je ne désirais ni contacter ni rencontrer qui que ce fut après l'accident.

– Cela a dû être difficile pour toi, mais tout de même, nous, tes parents…

– La page sur le passé a été tournée. Je vis maintenant dans le présent en vue d'un meilleur avenir.

– Je comprends Giacco, exprima-t-elle la gorge serrée.

– Maintenant, je voudrais m'installer… Ma chambre est-elle prête, mamma ? »

La brave femme acquiesça d'un signe de tête. Elle pensa que tout compte fait son fils menait sa vie comme il l'entendait.

Giacomo gagna la pièce, rangea ses effets personnels et logea les bagages vides dans la grande armoire.

Depuis longtemps, la famille Cortone résidait dans l'appartement de cet immeuble situé au centre de la sous-préfecture ligérienne.

Mario vint au monde en 1931 à Cortona, ville de la province d'Arezzo en Toscane. Maria vit le jour en 1936 à Camucia, un village de campagne situé près de Cortona.

Sans se connaître, tous deux émigrèrent en France avec leurs parents en 1946. À la suite de la Seconde Guerre mondiale, nombre d'Italiens s'exilèrent, chassés par la pauvreté ou réfugiés politiques. Les Cortone posèrent leurs valises sur le sol français en situation régulière. Sans qualifications, la plupart trouvaient du travail dans les mines.

Les parents de Mario s'établirent d'abord à Saint-Etienne avant de s'installer à Montbrison. Ceux de Maria s'ancrèrent sans détour à Montbrison.

Les deux jeunes migrants se rencontrèrent, se fréquentèrent, se fiancèrent, se marièrent enfin, selon les coutumes de l'époque. De leur union naquit Giacomo en 1956, leur fils unique.

Mario peina de nombreuses années en usine afin de subvenir aux besoins du ménage et de l'enfant en bas âge. Après le pénible labeur quotidien, il travaillait le soir dans une cordonnerie où il apprit le métier. Puis, il étudia seul dans le dessein d'obtenir un certificat d'aptitude professionnelle de cordonnier. Métier qu'il exerça avec fierté et passion dans son atelier de la place Saint-Pierre.

Maria ne manqua pas de courage. Elle fit maints petits métiers avant de devenir femme de ménage. Après ses heures de travail, elle aidait son mari à la cordonnerie.

Sans oublier ni leur pays natal ni leurs coutumes, ils s'intégrèrent d'admirable façon dans la vie commerciale de la cité. Ils œuvrèrent durement et s'efforcèrent d'assurer avec dignité un avenir honorable à leur enfant chéri.

L'humilité et les tendances communautaires de cette couche sociale d'émigrants renforcèrent la juste fierté de réussite de leur enfant. Mario et Maria, tous deux retraités, vivaient sereinement depuis des années.

***

Le Dr Cortone téléphona à quelques amis afin de leur confirmer son arrivée à Montbrison. Ils prirent rendez-vous pour diner ensemble un soir. Giacomo mit un point final au dernier appel et, enjoué, reposa le combiné.

Il eut alors conscience que ces vacances lui seraient salutaires. Outre que son esprit occultait allègrement ses occupations professionnelles, il éprouva un vif plaisir, voire une impatience certaine, en imaginant de fêter ces prochaines retrouvailles.

Le décalage horaire de huit heures en avance sur Mexico et la fatigue latente, poussèrent le fils revenu à se retirer de la table familiale. Puis, il alla se coucher.

Au cours de ce premier repas consommé à la table familiale depuis bien longtemps, Giacomo ressentit le bien-être dans lequel il avait baigné parmi les siens, durant ses jeunes années.

Il gagna sa chambre. Il la retrouva telle qu'il l'avait laissé. Mamma n'avait rien modifié, ni le linge de lit ni le mobilier. La grande armoire, la psyché, la commode, les rideaux, le fauteuil, la petite table, le bureau, les étagères chargées de livres, tout avait été maintenu en place.

L'odeur de cire d'abeille régnait dans la pièce. Maria entretenait les meubles régulièrement. Il est certain qu'elle ne dût pas ménager ses efforts avant la venue de son fils chéri. Sa chambre de jeune homme se devait d'être parfaite pour l'accueillir.

L'atmosphère lui évoqua une époque où l'insouciance prévalait. Giacomo se coucha heureux d'être de retour.

4

Jeudi 2 à dimanche 5 juillet 1998

Lové dans les draps du *cosy-corner* de sa chambre, Giacomo réfléchit. Quel programme cette semaine ? Il dressa une liste d'actions, de visites, d'appels téléphoniques, de flâneries à effectuer.

Aujourd'hui, il décida de musarder dans le centre historique de la ville. Aller à la découverte des changements éventuels parmi les rues qu'il avait tant de fois arpentées.

Il constata la disparition de vieux magasins, la modernisation de certains autres, la création de nouveaux, la rénovation de quartiers entiers, la démolition d'anciens bâtiments remplacés par de plus modernes.

Poussant la flânerie vers les extérieurs de la bourgade, il découvrit des zones commerciales et industrielles récentes.

Il fut chagriné d'apprendre la disparition prévue de l'école maternelle de la place Bouvier. Son école maternelle dont les maitresses et les dames de service organisaient de féeriques Noël, où il avait joué avec les cubes en bois, les ballons, les quilles, les cerceaux, où il avait tant couru sous les marronniers de la cour.

Rien d'exceptionnel si ce ne sont l'essor et les expansions liés à l'urbanisation ainsi qu'aux nécessités de la vie contemporaine. La commune bourgeoise de ses tendres années s'estompait, se transformait inéluctablement. Sa jeunesse s'évanouissait.

***

Avant de partir visiter la ville, Giacomo téléphona à ses amis d'enfance : Bernard, Joseph, Gérard, Charles, Didier, Yvon, Roland. Des complices de longue date qui se connaissaient depuis l'école primaire. Durant leur jeunesse ils avaient fait les quatre cents coups ensemble !

Chacun d'eux fut enchanté de le savoir revenu au pays. Ils avaient tant de choses à se raconter. D'une seule voix, ils répondirent « Présent ! » à la proposition de leur camarade : rendez-vous ce soir au bar-restaurant « Les Trois Ponts », leur lieu de ralliement d'autrefois.

Giacco – pour eux aussi il était resté Giacco ! – arriva vers vingt heures. Ses grands camarades l'attendaient sur la terrasse du bar, accompagnés de leurs épouses respectives, elles aussi conviées aux réjouissances.

Dès qu'il arriva tous l'accueillirent par des applaudissements et des acclamations associées à son diminutif, scandé en rythme tel un slogan : « Gia… cco, Gia… cco, Gia… cco, Gia… cco ! »

Le charivari s'amplifia de quelques décibels lorsque des consommateurs sortirent du bar attiré par le tapage. Ils se mêlèrent au groupe sans raison, sinon pour la curiosité et le plaisir !

Dans la salle, le restaurateur avait préparé une table à laquelle ils s'installèrent. La soirée commença sous de bons auspices autour de l'apéritif : plaisir des retrouvailles, rires de joie, anecdotes du passé.

L'anthropologue revoyait ses amis tels qu'il les avait quittés avant de s'en aller à Londres, enjoués, toujours prêts à plaisanter.

Il se sentait à l'aise, content parmi eux. Ce moment privilégié de fraternité lui remémorait ceux qu'ils avaient partagés par le passé. Jeunes gens, à l'instar de tous les garçons et les filles de leur âge, maintes fois ils refirent le monde ensemble. Un monde de rêves utopiques, voire parfois d'intransigeances, à l'image de leur maturité, de leurs idéaux de jeunesse.

Au cours du repas, ils évoquèrent leurs activités professionnelles respectives, leur quotidien. Ils discutèrent de leurs familles avec tact, sans trop parler des enfants, car chacun avait appris de ses parents le drame vécu par leur ami au Royaume-Uni.

Le temps s'écoula vite, trop vite. La soirée s'acheva par des embrassades fraternelles, des étreintes, des caresses dans le dos. Ils promirent de se revoir avant que Giacomo reparte au Mexique.

***

Le Dr Cortone consacra le lendemain à marcher aux alentours de Curtieux. Jadis village campagnard, il était devenu au fil du temps faubourg de Montbrison.

L'absence avait idéalisé cette périphérie dans ses souvenirs par un pic et des gorges. Le pic ? Une petite montagne de six cents mètres d'altitude parée d'une végétation de feuillus. Les gorges ? Une ravine resserrée et encaissée d'argile ocre variant du jaune rosé au brun orangé. Terrain de jeux privilégié des jeunes du voisinage épris d'aventures, il fut aussi celui de l'anthropologue des années plus tard ! Avant que la végétation l'envahisse, ce site insolite était difficile d'accès et dangereux. Il souhaitait revoir ces gorges découvertes lors de son adolescence.

Les thèmes et les décors enneigés du film américain de la Walt Disney Productions, « *Le troisième homme sur la montagne* », l'avaient ébloui. Ce long-métrage avait éveillé en lui l'envie de grimper sur les sommets. À défaut de pics majestueux, il visa les pointes émoussées des proches et renommés escarpements terreux. En compagnie d'amis téméraires, improvisés escaladeurs pour un temps, ils avaient tenté tant bien que mal l'ascension des parois glaiseuses des fameuses gorges de Curtieux !

Tous ses souvenirs d'escalades montagnardes disparurent d'un coup. Ils s'enfuirent de sa mémoire à la vue des innombrables habitations construites à présent sur le sol du charmant faubourg. Curtieux était devenu un quartier résidentiel à part entière de Montbrison.

Giacomo fut encore bien plus stupéfait en apercevant l'immense tas d'immondices, de déchets verts, de détritus et résidus en tous genres accumulés en aval des gorges couvertes de broussailles. Les gorges ne ressemblaient en rien à ce que le jeune garçon avait connu.

Madame Marguerite Fournier, journaliste émérite du journal « La Tribune », les avait décrites de belle manière en 1953 : « *Merveille ! Voici qu'au milieu de la verdure sombre surgit une cité de rêve ! Des minarets et des clochetons d'argile rose... Des dômes, des pics, des aiguilles... un village de glaise de l'A.O.F. éclos au pays forézien...* »

Un pan des souvenirs de sa jeunesse s'écroula ce jour-là et gisait au fond des vallons.

Giacomo effectua d'autres promenades aux environs de l'agglomération montbrisonnaise. Il revisita plusieurs chemins qu'il affectionnait autrefois. Les sentiers fleuris du Vieil Ecotay qui bordent les ruisseaux de Cotoyet et du Bouchat. Ceux qui longent les berges du Chorsin, au fond d'une vallée glaciaire, et mènent à la découverte de la sublime cascade éponyme ainsi qu'à la source d'eau ferrugineuse dont l'écoulement naturel rouille se mêle aux eaux du ruisselet.

À maintes reprises, il rentra désappointé au bercail, désappointé de n'avoir pas pu identifier les paysages familiers de son enfance. Nombre d'entre eux ne ressemblaient plus à ses lointains souvenirs. La plupart d'entre eux étaient métamorphosés, rasés ou phagocytés par les développements dévastateurs de l'urbanisation galopante.

***

Le surlendemain matin au marché, une inconnue accosta le Dr Cortone dans une allée entre les éventaires de fruits et légumes :
« Bonjour, Giacco !
– Bonjour, répondit-il circonspect.
– J'ai donc changé à ce point ? Tu ne me reconnais pas ? Marie-Georges... Le lycée de Beauregard ! insista-t-elle.
– Oh oui, Marie-Georges ! Maintenant je me souviens... Que de temps passé depuis la terminale ! »
Ils commencèrent à discuter au milieu de la foule. Giacomo l'invita à entrer dans l'un des bistrots de la place de l'Hôtel de ville. Ils s'installèrent et poursuivirent la conversation longtemps.
Les souvenirs de lycée furent innombrables. Ils se remémorèrent les camarades de classe. La

mixité se rencontrait déjà à cette époque : Irénée, Martine, Marie-Hélène, Michel, Anne-Marie, Roland, Guy, Sylvaine, Jean-Paul, Josiane... et les autres. Elles et ils devinrent Professeures de lettres, de langues, médecins, ingénieurs, commissaire de police et même chirurgien pour le fils d'un charcutier ! Situations, mariages, décès, celles et ceux perdus de vue, tout fut abordé.

Les heures s'écoulèrent vite, beaucoup trop vite. Les cloches de la collégiale Notre-Dame de l'Espérance sonnaient la douzième heure lorsqu'ils se quittèrent après avoir échangé leur carte personnelle. Marie-Georges et Giacomo, s'embrassèrent sur les joues, comme au bon vieux temps. Satisfaits de s'être rencontrés, les deux ex-lycéens s'éloignèrent chacun de leur côté. Cortone rentra chez ses parents heureux et nostalgique à la fois.

***

En cette matinée ensoleillée du 5 juillet, Maria mitonna un délicieux déjeuner dominical en l'honneur du retour et aux goûts de son fils.

De l'*antipasto* au *dolci*, rien ne manqua ! Maria prépara du jambon de Parme, des spaghettis aux fruits de mer, de fines tranches de veau recouvertes d'une sauce au thon et aux câpres, un plateau de fromages garni des préférés de Giacco, parmesan, gorgonzola, pécorino, provolone, une crémeuse pannacotta en dessert pour clore le repas.

Mario était descendu à la cave où il fureta dans les casiers en quête d'une bonne bouteille de vin. Tous les ingrédients étaient réunis, le festin régala les papilles, l'odorat et la vue. Une réussite, conclurent-ils ! « Mamma a gardé sa main de cordon-bleu, papà celle de sommelier, pensa Giacomo. »

Sous forme de forte suggestion, Mario proposa une promenade digestive, elle serait la bienvenue après leurs agapes. Giacomo demanda où ses parents désiraient se rendre.

Ils décidèrent d'aller à Montarcher, un village de caractère perché sur un éperon rocheux des monts du Forez. La famille Cortone consacra l'après-midi à se promener sur les sentiers autour de la commune médiévale.

À mille cent cinquante mètres d'altitude, ils respirèrent l'air pur de la moyenne montagne parmi les conifères, épicéas, pins et sapins smaragdins, les herbes sauvages, graminées, fougères et digitales pourpres.

À maintes reprises, Giacomo observa son père poussif avancer avec peine sur les sentes pentues. Le fils se réjouit de revenir dans cette partie du Forez qu'il avait souvent sillonné avec Mario durant son adolescence. De sa mémoire resurgirent d'innombrables, d'abondantes et savoureuses cueillettes de champignons !

Ils parcoururent pour le plaisir la bourgade moyenâgeuse qu'ils connaissaient déjà, l'église romane et gothique, la ruelle centrale, le donjon juché sur une ancienne motte castrale.

Au-dessous d'eux, ils admirèrent le hameau du Crozet et sa chapelle nichés au fond de la vallée de l'Andrable. Devant eux, leurs regards se portèrent sur le fascinant panorama qui se déroulait jusqu'au singulier mont Mézenc dont les formes uniques se détachaient à l'horizon. Une sortie appréciée de tous.

En revenant à l'appartement, chacun ressentit la fatigue due à ces efforts inhabituels. Maria fut ravie de sa journée malgré les coups de soleil qui rougissaient et brûlaient ses joues.

L'après-midi en plein air avait enchanté Mario bien qu'à présent une lassitude pesante le rendît fébrile. La journée combla Giacomo de plaisir. Elle lui rappela de nombreux souvenirs d'adolescence, quand il allait par monts et par vaux avec ses compagnons de jeu. Aujourd'hui, il serait volontiers parti à l'aventure, s'il avait été seul…

Ce soir-là, tous allèrent se coucher de bonne heure.

5

Lundi 6 juillet 1998

Un peu avant huit heures, Maria réveilla son fils à la hâte. Son père se sentait nauséeux avec une forte impression de mal-être.

Il se leva d'un bond, se rendit dans la chambre de ses parents et interrogea Mario. Celui-ci se plaignait de douleurs lancinantes au bras gauche, ressentait des oppressions au thorax et avait des nausées. Devant ces manifestations d'inconfort, voire de symptômes typiques, il conjecturera une crise cardiaque.

Il se souvint d'un article lu dans un magazine scientifique qui concernait des statistiques généralistes se rapportant aux infarctus du myocarde. La chronique concluait que les crises sévissaient le plus souvent le lundi entre six heures et midi, dans le lit ou à la suite d'un effort violent ou bien d'un accès de colère. Il se résuma la situation mentalement : « Huit heures, lundi matin au lit, essoufflements, efforts hier pendant la balade en montagne »

Giacomo sortit de la pièce en appelant sa mère. En quelques phrases, il lui décrivit les circonstances. Décontenancée, la brave femme demanda ce qu'il convenait de faire.

Il téléphona aux pompiers. L'ambulance ne tarda guère. Elle survint sirène hurlante et gyrophares allumés.

Deux hommes surgirent du véhicule, s'emparèrent des valises de soins à l'arrière, sonnèrent, gravirent les marches à grandes enjambées. À l'étage, Maria et son fils les accueillirent sur le palier.

Ils s'engouffrèrent dans le couloir en demandant où se trouvait le malade. Tous deux s'affairèrent autour de Mario dont le regard halluciné refléta vite l'inquiétude.

L'un plaça l'oxymètre sur l'index afin de connaitre le taux d'oxygène dans le sang artériel et relever le pouls. L'autre positionna des électrodes sur le corps ainsi que sur les jambes.

Le premier prit la tension artérielle aux bras. Le second effectua un électrocardiogramme. L'identification de l'état de santé de Mario établie, la conclusion fut immédiate : les symptômes étaient ceux d'un infarctus du myocarde.

Il était donc nécessaire de le transporter à l'hôpital. Le service des urgences de celui de Montbrison était surchargé ; ils le conduisirent à celui du C.H.U. de Saint-Etienne.

La mère et le fils suivirent le véhicule de secours dans lequel gisait le père.

***

Maria et Giacomo patientèrent de longues heures dans la salle d'attente, tandis que Mario subissait les examens approfondis nécessaires.

L'un et l'autre se posèrent de nombreuses questions qui restèrent sans réponse.

Sans crier gare, un homme en blouse blanche fit irruption dans le local :

« Madame Cortone ? interrogea-t-il en regardant les personnes dans la pièce l'une après l'autre.

– C'est moi, s'exclama Maria en relevant la tête.

– Je suis le médecin urgentiste. Nous avons reçu les résultats de votre conjoint, une vérification s'impose.

– Un problème, Docteur ? demanda-t-elle, sur le qui-vive.

– La tension artérielle demeure élevée, les analyses de sang révèlent un taux de troponine anormal… Électrocardiogramme, température et radios restent corrects.

– C'est quoi, cette proto… S'il vous plaît ?

– Il s'agit d'une enzyme cardiaque. Nous l'avons vérifiée deux fois à trois heures d'intervalle, mais nous la revérifierons demain matin. À présent votre conjoint ne doit plus bouger, interdiction pour lui de se lever quel que soit le motif. Nous le transfèrerons dans une chambre du service de surveillance continue. Il y sera suivi par un automate qui contrôlera en permanence tension artérielle, taux d'oxygène, fréquence cardiaque. Il alertera les soignants en cas d'anomalie.

– Est-ce sérieux, Docteur ? questionna Giacomo.

– Rien de définitif avec les résultats actuels. Le cardiologue de garde verra Monsieur Cortone en soirée. Il lui donnera davantage de précisions demain matin.

– Peut-on le voir ? poursuivit Maria. »

Le praticien opina du chef avant de sortir promptement.

Atterrée, Maria sécha les larmes qui avaient coulé sur ses joues, ce dont s'aperçut Giacomo :

« Ne pleure pas mamma, demain matin nous connaitrons la situation en tout point, chuchota-t-il à l'oreille de sa mère en serrant ses frêles épaules entre ses mains.

– Il va rester tout seul cette nuit, il n'a pas l'habitude, tu sais. »

Une infirmière vint les chercher, les conduisit à la chambre où se reposait Mario. Elle précisa que les visites étaient autorisées jusqu'à dix-huit heures, avant de repartir.

***

Vers vingt heures, un homme en blouse blanche, grand, svelte, d'apparence jeune, entra dans la chambre. En poussant un charriot, il se dirigea à pas rapides vers Mario.

Ses yeux très mobiles scrutèrent les écrans de contrôle. Il inspecta les données affichées sur les appareils, puis se plaça près du lit :

« Monsieur Cortone, je suis le cardiologue de garde.

– Bonsoir, Docteur.

– Mon confrère vous a signifié le taux élevé de troponine dans le sang. Ceci révèle une souffrance de votre cœur. Demain matin, nous vérifierons de nouveau son taux. Vous avez très probablement été victime d'un infarctus du myocarde.

– Que comptez-vous faire ?

– Explorer vos artères en effectuant une coronarographie, un examen qui permet de visualiser vos artères coronaires.

– Pensez-vous qu'il faudra m'opérer balbutia Mario abasourdi, redoutant la réponse.

– Seulement si cela se justifie… Dans la mesure du possible, nous pratiquerons une angioplastie. Si nous sommes dans l'impossible de l'exécuter, nous choisirons l'option la mieux adaptée à votre cas lors de l'intervention. Ne soyez pas angoissé tout se passera bien.

– Difficile de ne pas l'être.

– Je vais effectuer une échographie de votre cœur ainsi que des carotides. »

Le praticien ôta les pinces, puis décolla les électrodes du corps de Mario.

L'appareil qui le « scopait » émit des bips qui le tranquillisèrent dans la mesure où ils témoignaient de son bon fonctionnement.

Le thérapeute étala un gel froid sur le thorax du patient ainsi que sur ses flancs. Il procéda à l'observation, puis déclara :

« Tout va bien !

– Vous détectez des artères bouchées ?

– Pas à l'échographie cardiaque. »

Il enduisit de gel chaque côté de son cou et balaya les carotides avec la sonde :

« Flux sanguin tonique, irrigation correcte du cerveau, lança-t-il, satisfait.

– Merci pour ces paroles rassurantes…

– L'infirmière viendra vous injecter une dose d'anticoagulant. Passez une bonne nuit.

– Merci et bonsoir, Docteur. »

Le cardiologue sortit de la pièce d'un pas pressé.

***

Allongé sur le dos, les paupières closes, Mario gisait sur le lit, anéanti.

« Passez une bonne nuit » avait dit cet homme. Pourquoi se figurait-il que le sommeil du patient serait paisible après ce qu'il venait d'apprendre ?

Un possible infarctus ! Dans les faits, une réelle confrontation avec la mort. Le médiocre scénario de ce cauchemar promut Mario acteur principal du film, excepté que la réalité se substituait à la fiction.

Plus il songea à cela, plus le désespoir le submergea. Tout s'effondrait dans sa tête, aucune forme de salut en perspective. De petites larmes perlèrent aux coins de ses yeux. Elles coulèrent sur ses joues.

Qu'adviendrait-il de Maria s'il mourait ? Mourir. Le pauvre homme s'imagina le verbe fatal. La mort rôdait telle une hyène affamée, sournoise, brutale, cruelle, impitoyable, prête à l'achever, à ensevelir ses restes. Au fond du trou, assailli par de noirs desseins, sa respiration s'affaiblit jusqu'à ce qu'un réflexe vital le contraigne à inspirer une ample bouffée d'air. Bienfaisante aspiration, car elle le tira de la torpeur dans laquelle il avait sombré.

Mario ouvrit les paupières. Il n'était pas mort, tant s'en fallait. Et puis, était-ce vraiment un infarctus ? Sa conscience se ressaisit. Il envisagea demain : il téléphonerait à Maria, l'informerait, lui demanderait de venir le rejoindre. Le rejoindre, l'espoir renaissait peu à peu.

Son esprit s'animait, ses idées se ravivaient. Il ressortait du trou où La Faucheuse l'avait trop vite abandonné.

***

Une femme poussa la porte, alluma la lumière de la pièce :

« Bonsoir Monsieur Cortone, je viens pour l'injection de lovénox.

– Où me piquerez-vous ?

– Dans le ventre… Mais, vous n'êtes plus « scopé » ? demanda-t-elle surprise.

– Le cardiologue m'a débranché.

– Soulevez votre blouse. »

Elle recolla des électrodes avec une rigueur attentionnée, repositionna les pinces.

L'infirmière s'apprêta à le piquer :

« Cessez de bouger, s'il vous plaît.

– La piqure ne fait pas mal ? »

Un sourire en coin fut son unique réponse.

Par une experte gestuelle, elle vérifia la poche de soluté et ajusta le débit du goutte-à-goutte avant de partir. Elle éteignit la lumière. Il se retrouva seul dans l'obscurité.

Mario songea encore à demain. Son cerveau en effervescence bouillonnait d'une multitude de questions. Interrogations relatives au monde hospitalier qu'il découvrait, mais aussi relatives au monde des humains qu'il aurait pu quitter. Exténué, il s'endormit.

Les périodes de sommeil étaient de courtes durées, car à intervalles réguliers la pression exercée sur le bras et le bruit du tensiomètre automatique le réveillaient souvent en sursaut. Il se rendormait jusqu'au prochain réveil, bercé par les bips de l'automate qui veillait sur lui. Les heures se succédèrent, entrecoupées de sursauts, de réveils soudains, de visites du personnel soignant, de rêves effrayants.

6

Mardi 7 juillet 1998...

Des femmes, des hommes vêtus de bleu sortaient et rentraient par la porte vitrée. Un homme en blanc l'ouvrit, se dirigea vers le lit roulant où gisait Mario. Un bref coup d'œil dans le dossier posé sur la couverture du lit, puis il interrogea :

« Monsieur Cortone ?

– Oui.

– C'est à nous, lança-t-il lorsqu'il saisit le lit d'une poigne vigoureuse. »

Ils pénétrèrent dans une salle lumineuse et froide. Masque sur le visage, une femme vêtue en chirurgienne s'approcha du lit : « Nous allons vous transférer sur la table d'examen. »

Pendant l'installation, Mario observa le personnel d'assistance. D'abord, l'infirmière qui l'équipa d'électrodes en plusieurs endroits, d'un oxymètre et suspendit une poche de soluté à un crochet. Ensuite, l'assistant qui fila dans la cellule de contrôle. Leur présence le sécurisa.

Par des mouvements méthodiques, mesurés, précis, l'angioplasticienne secondée d'une assistante ajusta le champ chirurgical sur son corps nu. Cette dernière le badigeonna d'un fluide glacial, aseptisa bras, avant-bras, aine et cuisse. Un froid saisissant mordit la peau rasée de Mario. Elle rejoignit l'homme dans la cellule de contrôle.

La cardiologue intervint :

« Nous commençons.

– Par l'aine ou le poignet ?

– Le poignet, répondit-elle surprise par la question de son patient. »

***

Elle abaissa la protection antiradiation avant de disparaitre de son champ de vision. Des bruits de mécanismes en fonctionnement, des cliquetis, des chuintements, des bips se firent entendre. Les écrans s'allumèrent, affichèrent des lettres, des chiffres. Sur son poignet droit immobilisé, une légère piqure l'obligea à cligner des yeux.

L'intervention s'effectuait sans anesthésie générale, lui laissant découvrir en direct toutes les affres de l'angoisse perçues par ses sens exacerbés.

Des trémulations agitèrent Mario. Il trembla de froid davantage que de peur. Par crainte de l'inconnu, son ouïe et sa vue se mirent en éveil, à l'affut du moindre mot suspect, du moindre son insolite, du moindre bouton lumineux qui clignotait.

Les périodes de passage des cathéters dans l'artère radiale ne furent pas les plus anxiogènes. L'intervention, bien qu'indolore, provoqua des sensations angoissantes dans sa cage thoracique. Elles se succédèrent à chacune des phases de préparation de largage des stents.

La praticienne annonçait des durées de quelques secondes et des pressions de plusieurs bars qui correspondaient aux paramètres d'inflation des ballonnets. L'effet du gonflement qui s'ensuivait devenait perceptible, voire critique. Difficile de ne pas imaginer ce qui se produirait, sans atteindre le paroxysme de l'effroi, si la coronaire se fissurait.

Mario lutta contre cette funeste pensée en s'efforçant de ne rien imaginer. Par de profondes inspirations et de lentes expirations, il essaya intuitivement sinon de maitriser son stress au moins de le contenir. S'appliquant à demeurer impassible son corps se contracta, malgré cela, ses membres se tendirent, excepté le bras droit qu'il tenta de ne pas raidir.

La femme de l'art appréhenda son désarroi :

« Ne vous inquiétez pas, tout se passe bien. Ce sera bientôt terminé.

– Merci… Docteure… bredouilla-t-il. »

Le brave homme pensa que si tel était le cas, par décence, elle ne déclarerait pas que des complications entravaient le déroulement de l'intervention ni qu'elle s'éterniserait de longues minutes. Quoi qu'il en soit, l'effet immédiat et modérateur des paroles qu'elle prononça, rasséréna sa conscience, décrispa son corps, dénoua ses membres, desserra ses dents.

À visage découvert, la cardiologue récapitula son travail à Mario :

« J'ai déployé trois stents dans vos artères. Deux à gauche et un long dans votre coronaire droite qui était bouchée à quatre-vingt-dix pour cent. Une copie du dossier sera transmise à votre médecin traitant.

– Je suis tout neuf !

– Presque, répéta-t-elle en souriant, mais nous vous garderons deux à trois jours en observation. »

L'homme fatigué dévisagea cette charmante femme. Son sourire, ses traits gracieux, ses cheveux châtains, son regard lumineux lui rappelaient quelqu'un, mais sa mémoire, parfois défaillante, le laissa sans certitude.

Ramené dans sa chambre, Mario s'endormit sans difficulté dès qu'il se trouva allongé et seul.

Plus tard, le bruit du charriot des repas le réveilla, en heurtant le chambranle de la porte. Affolé, il s'écria :

« Que se passe-t-il ?

– Ne vous alarmez pas, ce n'est rien… Je vous apporte une collation.

– Une collation, mais quelle heure est-il ?

– Midi et demi, réagit la femme au tablier.

– Midi et demi… Il faut que j'appelle mon épouse. »

***

Maria frappa à la porte de la chambre. Pas de réponse. « Mamma frappe plus fort, suggéra Giacomo tout bas. » Elle recommença. La faible voix du patient s'entendit tout juste derrière la porte : « Entrez ! »

La mère et le fils avancèrent vers le lit. Ils embrassèrent qui l'époux, qui le père. Ce dernier, serra son épouse contre lui, puis le fils. Nul besoin de paroles, tous se comprenaient par les gestes et le regard.

Mario tenta de raconter l'intervention. Ne parvenant pas à se souvenir des détails, il gesticula quelque peu. « Papà ne t'agite pas je demanderai des précisions à l'infirmière du service, lui souffla Giacomo comme s'il parlait à un enfant. »

Le père se souvint d'une scène similaire lorsque Giacco fut opéré de l'appendice étant jeune. Mario porta un regard attendri en direction de son fils. Ses yeux souriaient, car c'était lui qui gisait aujourd'hui sur le lit d'hôpital.

Lorsque la mère et le fils partirent, ils firent le détour par le secrétariat de l'Unité des Soins Intensifs Cardiologiques. Ils croisèrent la cadre de santé qui relata en détail l'angioplastie de Mario. Elle précisa que Monsieur Cortone resterait en observation deux à trois jours.

Les dernières paroles de la femme en blanc bouleversèrent Maria. Pourquoi garderait-on son mari en observation ? Giacomo expliqua que le protocole était ainsi établi afin d'intervenir sans délai en cas d'éventuelles complications postopératoires. Elle comprit l'intérêt vital de telles précautions, néanmoins elle pensa que quelque chose lui était caché.

***

En fin de journée, une jeune femme entra dans la chambre et annonça :

« Le repas du soir tout chaud !

– J'ai une faim de loup !

– Vous êtes à jeun ?

– Non, un verre d'eau et trois biscuits au gouter !

– Je comprends... Bon appétit, dit-elle en souriant ! »

Elle posa le plateau sur la table roulante qu'elle plaça le long du lit.

Mario se leva, marcha à pas lents jusqu'à la table en poussant le pied support de la perfusion. Il s'assit sur le rebord du lit. Un bol de potage fumait devant lui.

Il plongea la cuillère dedans et la porta à la bouche. Dans sa hâte d'avaler le bouillon, le métal très chaud brula ses lèvres. Avec volupté et précipitation, il avala le liquide chaud jusqu'à la dernière goutte. Il lui revigora le corps, mais à son grand étonnement une sudation excessive perla sur son front.

Il s'apprêtait à poursuivre le repas lorsqu'une sensation de faiblesse, de malaise à venir s'empara de lui à tel point qu'il se sentit défaillir.

À la limite de perdre connaissance, Mario s'agrippa au pied support, se précipita sur le lit et s'allongea. Tandis qu'il respirait amplement, de grosses gouttes de sueur dégoulinèrent sur son visage. Affolé par cette incompréhensible et soudaine circonstance, il appuya de toutes ses forces décroissantes sur le bouton d'appel. Les mains cramponnées au drap, il lutta afin de ne pas sombrer dans les ténèbres.

La porte s'ouvrit soudain. Une soignante se précipita dans la chambre. Lorsqu'elle aperçut Mario, elle courut jusqu'au couloir réclamer de l'aide. Rejointe par Un homme la rejoignit, tous deux s'affairèrent à son chevet. Ils surélevèrent ses jambes sur le rebord métallique du bout de lit.

Elle appliqua un linge humide sur son front. S'il ne s'évanouit pas, peu s'en fallut :

« Que m'arrive-t-il, balbutia Mario ? Je me suis senti tout bizarre.

– Un malaise vagal, répondit la soignante.

– Êtes-vous sujet aux évanouissements, interrogea son collègue ?

– Non, c'est la première fois…

– Ne vous inquiétez pas, ce n'est pas grave. Restez allongé, les jambes relevées.

– Je ne bouge plus… Encore mon cœur ?

– Indirectement, car le rythme cardiaque diminuant, la tension artérielle chute. L'origine est complexe, reprit la femme. »

Dix à quinze minutes durant, ils le réconfortèrent. Ils énumérèrent les possibles causes de ce vertige : anxiété, chaleur ambiante, le fait de s'être levé, d'avoir mangé trop vite.

Ils s'assurèrent que son état s'améliorait et se stabilisait. Ils quittèrent la pièce, non sans lui avoir recommandé d'appeler en cas de récidive.

Un autre coup du cœur, pensa Mario. Un malaise vagal ? Que pouvait-il se produire d'autre et qu'il ignorait ? Pensif et las, il s'endormit.

7

Mercredi 8 juillet 1998...

Les premières lueurs rougeoyantes de l'aube filtrèrent à travers les stores vénitiens, éclairant la chambre d'une lumière atténuée.

Après une nuit agitée, Mario se leva dès potron-minet. L'équilibre incertain, il se dirigea vers la salle de bains où il fit une brève toilette.

Le sexagénaire téléphona à son épouse. Maria étant absente, Giacomo décrocha le combiné. Il écouta son père qui parlait avec lenteur.

Mario paraissait calme et reposé. Il lui narra l'épisode du malaise :

« Tout va bien maintenant, annonça-t-il d'un ton assuré.

– J'informerai mamma dès son retour. Ne t'inquiète pas, il s'agit d'une faiblesse passagère. Ce n'est pas grave, acheva le fils.

– Vous venez me voir cette après-midi ?

– Mamma rentre à l'instant, tu lui demanderas. Je t'embrasse, papà »

Giacomo tendit le téléphone à sa mère. Mario raconta à nouveau l'incident de la veille à son épouse. En proie à une vive émotion, elle conclut qu'ils lui rendraient visite dans l'après-midi.

***

Vers seize heures, Maria frappa à la porte de la chambre. Elle ouvrit, mère et fils entrèrent. Mario les attendait assis sur le lit.

Tandis que ses parents discutaient, Giacomo s'éclipsa et se rendit au secrétariat du service. Il demanda à rencontrer le médecin qui assurait le suivi de son père. Un coup de fil à la praticienne et la secrétaire précisa qu'elle le recevrait dans quelques minutes. L'assistante médicale pria Giacomo de s'assoir dans la salle d'attente.

La sonnerie du téléphone retentit. La jeune secrétaire indiqua qu'il était attendu au cabinet de la cardiologue, la dernière porte à droite au fond du couloir.

Giacomo se présenta devant la porte. Une plaque indiquait en lettres dorées :

Pr C. MARDEUILLE.

À peine il frappa qu'une voix féminine répondit d'entrer. Il ouvrit la porte.

Du cabinet exigu se dégagea une odeur de produit désinfectant. Autour du bureau central en palissandre, le mobilier métallique s'appuyait contre les murs auxquels étaient suspendues gravures et photographies.

Une femme de belle stature se tenait debout derrière le bureau. Elle faisait face à une armoire basse sur laquelle s'alignaient des dossiers empilés les uns sur les autres : « Asseyez-vous, je suis à vous tout de suite. »

Elle s'activait à compulser les feuillets d'une épaisse chemise cartonnée qu'elle retira de l'une des piles.

Le Dr Cortone jeta un coup d'œil circulaire dans la pièce : « Livres, magazines, dossiers, boites de médicaments, photos sur le bureau, gravures aux murs... Tout est bien ordonné et bien placé, femme pointilleuse et méticuleuse, résuma-t-il mentalement. »

***

Dans ce décor aseptisé, le scientifique examinait la spécialiste de dos, depuis sa nuque délicate jusqu'au galbe harmonieux de la chute de ses reins.

La médecin se retourna d'un mouvement brusque qui surprit le regard du Dr Cortone figé sur elle. Médusé, il baissa les paupières, puis les releva aussitôt.

Déconcertée et hésitante, l'angioplasticienne le dévisagea de ses troublants yeux clairs.

Interdits, ils s'observèrent, les regards fixés l'un dans l'autre.

Il prit la parole après un instant de silence qui leur parut une éternité :

« Euh… Excusez-moi, vous… Vous êtes, Claire ?

– Oui, c'est bien moi… Après quatorze ans d'absence, je suis étonnée et stupéfaite de vous retrouver, ici, dans cet hôpital.

– Je suis venu voir mon père… Et, je tenais à rencontrer le… enfin, la cardiologue qui est intervenue sur ses coronaires afin de savoir…

– Je suis cette médecin… J'ai reconnu votre père, mais je n'ai pas osé lui demander de vos…

– Si vous le voulez bien, informez-moi sur l'intervention de mon père, coupa-t-il court. »

Bien que la tension fût palpable, elle explicita les résultats intégraux de l'intervention, depuis la coronarographie jusqu'à l'angioplastie. Elle communiqua maintes précisions relatives au malaise postopératoire de Mario. Elle répondit en détail à toutes les interrogations de Giacomo.

Il écouta avec attention, puis conclut par lui-même que tout était pour le mieux. Ses parents pouvaient être satisfaits et confiants quant au travail effectué.

Le visage moins fermé, l'anthropologue reprit la parole en changeant de sujet :

« Pensez-vous que l'on puisse se tutoyer ?

– Pourquoi pas, Giacco ?

– Tu as donc poursuivi tes études de médecine jusqu'au doctorat ?

– J'ai continué jusqu'au bout et me suis spécialisée en cardiologie… À l'heure actuelle, je suis chef du service cardiologie et Professeure des universités en cardiologie interventionnelle.

– Quel courage, quelle ténacité il t'a fallu… Félicitations, s'exclama-t-il admiratif !

– Merci beaucoup… Et toi, as-tu atteint ton but ?

– Comme tu le sais, je suis allé jusqu'au doctorat en anthropologie… Moi aussi, j'ai choisi une spécialité. »

Un appel téléphonique interrompit leur discussion. L'interlocuteur sembla perturber la cardiologue qui répondit avec froideur avant de raccrocher sèchement.

L'air contrarié, elle reprit :

« Bravo, remarquable cursus également. Excuse-moi, mais j'ai rendez-vous avec une patiente.

– Je comprends… Je ne voulais pas abuser de ton temps. Merci et à bientôt, peut-être. »

L'atmosphère s'étant apaisée, ils échangèrent leur carte personnelle avant de se séparer.

La Pr Mardeuille referma la porte de son cabinet derrière Giacomo.

Pensive, elle se précipita jusqu'à son fauteuil dans lequel elle se laissa choir, les bras ballants. Son visage exprima la confusion : « Du courage, et de la ténacité il m'en a fallu, Giacco. »

***

Giacomo retourna à la chambre de son père où Maria l'attendait afin de rentrer chez elle. Il ne dit pas un mot à ses parents.

Pendant le retour à Montbrison il resta muet, en proie à mille questions. Une phrase lui revenait sans cesse à l'esprit : « *Après quatorze ans* d'absence, je suis stupéfaite de vous revoir dans cet hôpital. » Prononcée sans véhémence, pourquoi la médecin la formula-t-elle comme un reproche lancé en pleine face ? S'égarait-il dans ses conclusions ?

La seule idée fixe qu'il eut durant le trajet fut de reprendre contact avec elle au plus vite.

***

Le repas du soir consommé, il se réfugia dans sa chambrette et se remémora leur histoire.

Ils se rencontrèrent en 1980, tous deux étaient étudiants. Claire commençait le deuxième cycle d'études médicales à la faculté Claude Bernard à Lyon. Elle se destinait au doctorat de cardiologie, puis le professorat en objectif.

Giacomo achevait la première des deux années du master d'anthropologie et ethnologie à l'université de Bordeaux. Il rêvait de poursuivre par une spécialité s'appliquant aux civilisations mésoaméricaines, préhispaniques en particulier.

De longues études en perspective pour chacun d'eux !

Un samedi d'octobre de cette année-là, ils firent connaissance lors d'une soirée à laquelle chacun était convié. Cupidon décocha des flèches ciblées en plein cœur. La foudre les frappa d'un même coup, au premier regard…

Tant bien que mal, ils continuèrent à se voir à Montbrison où, à l'époque, résidaient leurs parents respectifs. Les points communs, les affinités se précisant, leur attachement l'un pour l'autre devint un lien brulant.

Ils s'aimèrent d'amour, un amour pur, un amour-passion que la fougue de leur jeunesse entretint malgré l'éloignement qu'imposa leur vie estudiantine. Puis, ils vécurent ensemble.

À la suite de l'obtention du master, Giacomo s'inscrit à l'université Paris 1-Sorbonne durant trois ans. Il y prépara et présenta sa thèse de doctorat qu'il soutint de brillante façon.

Au terme de cette période, Claire termina la quatrième année du second cycle d'études médicales. Elle s'apprêta à entrer à l'internat pendant cinq ans.

Le diplôme national de doctorat en poche, le frais émoulu Dr Giacomo Cortone rechercha un poste en concordance avec sa spécialité. L'opportunité lui fut offerte par le musée de l'Homme de Londres.

Dès le départ de Giacomo en Grande-Bretagne, le couple indissociable connut des péripéties incompatibles avec leur relation amoureuse dont l'aboutissement eut raison de leur relation. En particulier, Claire cessa de répondre aux appels téléphoniques ainsi qu'aux courriers de Giacco.

Brisé par le désespoir, ce dernier admit qu'elle avait pu se lasser d'une situation de plus en plus incertaine. Il accepta comme définitive la rupture spontanée de Claire.

Sans rime ni raison, il se résigna à cette inéluctable conclusion : « C'est terminé, elle ne m'aime plus. »

Le Dr Giacomo Cortone ne remit pas les pieds sur le sol français jusqu'à ce mercredi 1er juillet 1998. Quatorze ans s'étaient écoulés.

Revoir sa compagne de l'époque au C.H.U. ce matin dans de telles conditions fut un choc émotionnel brutal.

Il s'attendait d'autant moins à cela que sa mémoire avait plié en quatre et rangé le portrait de sa dulcinée de l'époque au fond de l'un de ses tiroirs depuis une éternité.

Toutefois, cette rencontre fortuite représentait une véritable aubaine, car il espérait apprendre éventuellement l'objet de leur séparation.

Épuisé, le Dr Cortone succomba à la fatigue et s'endormit du sommeil du juste.

8

Jeudi 9 juillet 1998…

La nuit porte conseil, dit l'adage. Celui qu'elle susurra à l'oreille de Giacomo s'insinua au plus profond de son esprit sans nul doute. Il se leva serein, mais avec une seule idée tenace en tête : « Je dois revoir Claire à tout prix ! »

***

Patiemment assis dans le salon, il attendit que le carillon de l'horloge retentisse à neuf heures. Il s'élança vers le téléphone et composa le numéro indiqué sur la carte que Claire lui avait remis hier. Au bout du fil il entendit sonner plusieurs fois. « Pourvu qu'elle soit là... Pourvu qu'elle soit là, se répéta le Docteur Cortone. »

Il serra fort le combiné dans sa main avec fébrilité lorsqu'il reconnut sa voix :

« Allô, Professeur Mardeuille à l'appareil.
– Bonjour, Claire.
– Quelle surprise ! répondit-elle avec une pointe d'ironie, mais un léger sourire aux lèvres.
– Je ne te dérange pas ?
– Non, les visites en chambre avec les étudiants ne débutent pas avant une demi-heure. »

Giacomo engagea aussitôt la discussion. Ils dialoguèrent longtemps, enfin jusqu'à ce que la cardiologue dût interrompre la communication, contrainte par le manque de temps.

Rendez-vous fut pris à vingt heures ce soir au salon de l'hôtel-restaurant « Le Lion D'or » à Montbrison. Comblé, l'anthropologue reposa le combiné avec lenteur. Son idée fixe deviendrait réalité : il reverrait Claire.

Transporté de joie, Giacomo rejoignit Maria à la cuisine d'un pas décidé.

Les mères aimantes excellent à percevoir le moindre signe de bonheur en leur progéniture. Le visage de son fils affichait une grande satisfaction. Elle soupçonna que Giacco lui cachait quelque chose. Bien qu'intriguée, mais respectueuse de la vie privée d'autrui et de son fils en particulier, elle ne le questionna pas.

En contrepartie, lui s'aperçut que sa mère l'observait en coin :

« Que se passe-t-il, mamma ?

– Rien…

– Tu épies toutes mes réactions, tous mes faits et gestes ! s'esclaffa-t-il.

– Mais, non… Simplement, tu sembles heureux et ça me fait plaisir de te revoir ainsi.

– Nous allons à l'hôpital cet après-midi ?

– Bien sûr.

– Je vous expliquerai là-bas, conclut-il en se retirant dans sa chambre. »

Après quelques appels téléphoniques du fils, la matinée s'écoula tranquille chez les Cortone.

***

Giacomo et sa mère arrivèrent au C.H.U. de Saint-Etienne vers seize heures.

Mario lisait une revue, assis dans le fauteuil de la chambre. Il sourit en les apercevant. Surprise, Maria s'élança vers lui les bras grands ouverts :

« Pourquoi es-tu installé dans ce siège ?

– Je vous attendais pour vous annoncer que je sortirai samedi dans la matinée, si tout va bien... Et, tout va bien !

– Je suis contente de l'apprendre... Tu me manques.

– Excellente nouvelle, déclara le fils ! »

Le père répéta les explications données par la cardiologue lors de la visite de ce matin, enfin celles dont il se souvenait.

***

Le Dr Cortone profita de la fin de cet intermède pour prendre la parole et, souriant, s'adressa à ses parents :

« Mamma me voit heureux depuis ce matin. Elle a mille fois raison... Il y a onze ans que je ne suis pas revenu chez nous, j'avais mes motifs. Je ne souhaitais revoir personne, oublier la Grande-Bretagne et trouver un poste ailleurs afin de m'y consacrer pleinement.

– Nous nous doutions que ton chagrin était immense, mais enfin... Intervint Maria.

– Ton séjour à l'hôpital m'a permis de revoir une ancienne belle connaissance, adressa-t-il à son père étonné.

– Ah, bon ! Qui est-ce ? insista Maria.

– La surprise fut agréable, mais pour des raisons personnelles je vous révèlerai son identité plus tard.

– Tu as trop ou pas assez parlé, releva son père un rictus narquois aux lèvres.

– Considérons que j'ai trop parlé. Ce que je peux ajouter est que ce soir je dine avec elle. »

Occasion de réjouissance dans la chambre !

***

Giacomo se doucha, se rasa, se coiffa, se vêtit, se parfuma et se coiffa de nouveau. Ce moment lui rappela son premier rendez-vous. Était-ce pour autant un premier rendez-vous, à quarante-deux ans ?

À l'évidence, non. Il dinait avec une admirable compagne d'autrefois. Que pouvait-il espérer ? « Tout ! marmonna-t-il, le regard plongé dans ses yeux lumineux que reflétait la psyché. »

La sonnerie du téléphone retentit dans le salon. Maria se précipita vers le guéridon et décrocha le combiné. Une agréable voix féminine souhaitait parler à Giacomo. Mamma appela son fils qui accourut. Il saisit l'appareil, le colla à son oreille.

Sans ambages, Claire annonça son incapacité de le rejoindre comme convenu. Une urgence de dernière minute la retenait au C.H.U. Elle s'apprêtait à gagner la salle d'intervention. La cardiologue rappellerait demain matin.

Le visage de Giacomo se décomposa. Il retournait dans sa chambre lorsque sa mère entra dans le salon. Apercevant son fils, le regard obscur et l'air désappointé, elle l'interrogea :

« Que se passe-t-il, Giacco ?
– C'était l'hôpital…
– Ton père ? s'affola-t-elle.
– Non, mamma… Ce soir, je ne dinerai pas avec elle, mais avec toi à la maison. »

Il expliqua la déconvenue à sa mère qui comprit son désarroi. En mère attentionnée, elle tenta de le soutenir. Ses paroles réussirent à le réconforter.

***

L'anthropologue s'enferma dans sa chambre après le diner. Avachi dans le fauteuil, il réfléchit à la situation et aboutit à ces conclusions.

Une entrevue de quelques minutes, une conversation téléphonique, aussi longue fut-elle, et une invitation à diner n'engageaient pas à tirer des plans sur la comète. Il s'était illusionné. Son enthousiasme avait trompé sa clairvoyance.

Pourquoi supposa-t-il que le fait de retrouver Claire dans ces conditions inattendues effacerait quatorze ans d'absence ? Durant cette période chacun avait vécu sa destinée.

Elle exerce une profession astreignante et difficile pratiquée avec passion qui comporte des moments de satisfactions, de douleurs, des imprévus, des urgences. Ce fut le cas ce soir.

Dans ses propos, rien n'avait laissé supposer au Dr Cortone qu'elle vivait seule. D'ailleurs, elle ne porte pas son nom de jeune fille. Son nom actuel suppose un mari, un conjoint. À moins qu'elle soit veuve, séparée ou divorcée et qu'elle ait conservé son nom marital.

Des interrogations dont Giacomo souhaiterait s'entretenir avec Claire. Il désirerait aussi savoir pourquoi elle ne répondit à aucun de ses appels ni à ses missives après son départ en Angleterre.

Il soupira, puis grommela : « En quoi toutes ces questions et leurs réponses me concernent-elles à présent ? »

À raviver une braise allumée par l'espérance et qui ne s'est peut-être jamais éteinte, lui répondit sa conscience.

Claire le rappellerait demain matin. Ces simples mots lui inspirèrent confiance, lui apportèrent réconfort.

Il se mit au lit, tourna, se retourna longtemps avant de s'endormir en toute quiétude.

9

Vendredi 10 juillet 1998…

G Giacomo attendit près du guéridon avec patience. Dès la première sonnerie, il bondit sur le téléphone et décrocha le combiné :

« Allô ! Claire ?

– Oui, c'est moi ! Toutes mes excuses pour hier au soir, les impondérables du métier… Je suppose que tu étais déçu ?

– J'étais frustré, mais j'ai compris que cela était indépendant de ta volonté. Ce n'est que partie remise.

– J'apprécie ton indulgence… Ce pourrait être ce soir, je ne suis pas de garde durant toute cette fin de semaine.

– Avec grand plaisir… Je t'attendrai à la même heure, même lieu !

– À ce soir, donc… Autre chose, venez chercher ton père vers quinze heures. Son bilan de santé est satisfaisant, je l'autorise à sortir. Je vous verrai avant que vous repartiez.

– Mamma va être contente ! »

Ils raccrochèrent, satisfaits chacun des réponses de l'autre et ravis de se revoir avec en réserve leurs questionnements respectifs.

***

Mario se tenait debout près de la fenêtre le regard porté vers l'extérieur. Lorsque son épouse et son fils entrèrent dans la chambre il se retourna, les aperçut. Mario afficha un large sourire, car il comprit qu'ils venaient le chercher. Un sentiment de contentement éclaira son visage montrant qu'il était heureux de rentrer chez lui.

Giacomo intervint séance tenante :

« Nous venons te voir plus tôt, car tu sortiras dans l'après-midi, nous a-t-on informés. Avant, je tenais à vous annoncer une nouvelle.

– Bien sûr, répondit son père… Nous sommes curieux de l'entendre. Parle, nous t'écoutons.

– Hier, j'ai précisé que j'allais vous révéler l'identité de cette ancienne connaissance revue ici, dans cet hôpital.

– Qui est cette mystérieuse personne ? demanda Maria sur un ton amusé.

– La cardiologue !

– La cardiologue ! s'étonna sa mère. »

À ce moment-là, Claire entra dans la pièce :

« Bonjour, Monsieur Cortone ! Votre état de santé est satisfaisant... J'ai signé votre autorisation de sortie, vous pouvez donc rentrer chez vous. Passez à l'accueil pour les formalités.

– Merci Docteure, j'ai été bien traité ici. Le personnel soignant du service de cardiologie a été efficace et aux petits soins pour moi. Je vous prie de lui témoigner ma reconnaissance.

– Comptez sur moi !

– Maintenant, j'ai une question.

– Je vous écoute.

– Je pense que nous nous sommes déjà rencontrés, mais je ne me souviens plus où ni quand. Qu'en dites-vous ? »

La cardiologue dévoila qu'elle se nommait Claire Mardeuille, mais que son nom de jeune fille était Paupelier.

Ils se connaissaient, et de longue date ! Les parents de Giacomo ne l'avaient pas reconnu ;

bien que Mario eût des doutes. Elle avait été la compagne de leur fils pendant quatre ans.

L'âge n'avait que peu marqué sa personne. Au contraire, elle avait gagné en beauté ainsi qu'en assurance, sa silhouette s'était affirmée. La longue chevelure de ce temps-là avait été raccourcie au profit d'une ravissante coiffure aux cheveux mi-longs. Des ridules aux coins de ses yeux les rendaient encore plus rieurs. Le teint faiblement coloré de son beau visage la gratifiait d'une touche de grâce naturelle.

Ils discutèrent longtemps ensemble. Claire éluda habilement quelques questions qu'elle jugea trop personnelles. Elle réserva les réponses pour celles que Giacomo pourrait lui poser ce soir en tête-à-tête.

La belle Professeure prit congé de son patient, puis la famille Cortone quitta l'hôpital.

Pendant le retour silencieux chez eux, chacun s'absorba dans ses pensées.

Le père se préoccupa du stage dont l'avait entretenu et prescrit la spécialiste.

La mère réfléchit aux conséquences de la présence d'un malade cardiaque dans leur quotidien.

Le fils songea à la délicieuse soirée à venir aux côtés de Claire.

***

Comme le soir précédent, Giacomo se doucha, se rasa, se coiffa, se vêtit, se parfuma et se recoiffa tout en se questionnant. Que pouvait-il espérer de plus que la veille au soir en dinant avec Claire ? « Tout ! murmura-t-il en souriant, ses yeux plongés dans le profond regard que reflétait la psyché. »

***

À dix-neuf heures trente, il vira au pont Saint-Louis et gara le véhicule sur le quai des Eaux Minérales devant « Le Lion D'or ». Il descendit, fit quelques pas sur le trottoir, regarda à gauche, à droite, se retourna : Claire n'était pas à l'extérieur.

Sous le ciel bleu de juillet les eaux vives du Vizézy clapotaient entre galets et interminables renoncules flottantes. Ces plantes aquatiques à fleurs blanches tapissent le lit de la rivière qui traverse la ville.

Il passa sur le trottoir opposé, appuya ses mains sur le parapet. Il observa le cours d'eau. Le flot scintillait aux lumières chaudes du jour tout juste déclinant.

Rêveur, l'anthropologue se rappela les parties de pêche avec ses camarades de l'époque. Il se remémora les fritures de vairons et de goujons ramenées à la maison, les loches attrapées sous les pierres à la fourchette ou à la main, les truites sorties des courants troubles après l'orage. En amont comme en aval, la rivière et ses abords avaient été aussi les aires de jeux d'une grande partie de son enfance.

Giacomo se présenta devant l'entrée de l'hôtel-restaurant, entra dans le hall d'accueil. Il marqua un temps d'arrêt. Un homme en tenue l'accueillit, chemise et veste blanche, nœud papillon et pantalon noirs. Ce dernier le dirigea vers le salon.

Les tempes de l'anthropologue battaient fort lorsqu'il franchit le seuil de la porte à carreaux biseautés. Surpris de constater que la confortable salle était vide, il ressortit en regardant sa montre : « Vingt heures, elle ne tardera guère, chuchota-t-il. »

***

Le vantail de la lourde porte d'entrée s'ouvrit avec lenteur. Claire apparut sur le pas habillée d'une élégante robe estivale. Giacomo avait perdu le souvenir de sa beauté et combien elle pouvait être séduisante vêtue de bleu ciel.

Radieuse, elle franchit le seuil, s'avança :

« Bonsoir, Giacco !

– Bonsoir, Claire ! Tu es ravissante…

– Madame, Monsieur, bonsoir, intervint le maitre d'hôtel.

– J'ai réservé une table pour deux couverts au nom de Giacomo Cortone.

– Souhaitez-vous profiter d'abord du salon ou dois-je vous conduire au restaurant ? sollicita l'homme en tenue.

– Au restaurant, s'il vous plait, répondit le Docteur Cortone. »

Ils pénétrèrent dans la salle à manger par la grande porte dont les battants vitrés étaient ouverts. Les luxueux lustres à pampilles et des appliques murales coordonnées illuminaient la vaste pièce de mille feux.

De nombreux convives étaient attablés. Des murmures çà et là, des rires feutrés, des cliquetis de couverts et de verres, de faibles rumeurs s'élevaient dans l'atmosphère ouatée. Le maitre d'hôtel les installa à une table située en un recoin discret. Avait-il deviné que ces deux-là avaient à s'entretenir en toute intimité ? L'intuition soulignait le professionnalisme de l'individu.

***

Les commandes passées, la discussion s'engagea autour de l'apéritif. Ils effleurèrent le sujet de la famille. Chacun s'informa sur les parents de l'autre, les grands-parents, les disparus, les vivants, les malades, les bien portants.

Abordant leur profession respective, ils décrivirent en quoi elle leur procurait passion, joie ou déception. Claire profita de l'occasion afin de préciser à Giacomo qu'il serait bon que son père commence le stage cardio-respiratoire aux plus tôt.

Au fur et à mesure que se consommait le diner, ils évoquèrent des sujets plus personnels.

Une question brûlait les lèvres de Giacomo, il se résolut à la poser, advienne que pourra :

« Claire Mardeuille, insista-t-il ! Es-tu donc mariée ?

– Divorcée… Je suis divorcée.

– Pourquoi n'as-tu pas repris ton nom de jeune fille, Paupelier ?

– La réponse tire son origine d'une lointaine, abjecte et inavouable affaire. »

L'éblouissante femme entreprit de raconter la tranche de vie écoulée depuis leur dernière journée commune, le 14 octobre 1984. Cette date était restée gravée en lettres de feu dans son cœur, car le débutant Dr Giacomo Cortone partit le lendemain à Londres.

Le 26 octobre, lors d'une soirée estudiantine, trois individus administrèrent un somnifère à la jeune interne avant d'abuser d'elle et de la violer.

Claire constata précocement qu'elle était enceinte. Elle tut la turpitude, cacha son état à son entourage y compris à son bienaimé.

Anéantie, la malheureuse femme garda ce lourd secret au plus profond de ses entrailles. Elle ne donna plus signe de vie à Giacomo malgré ses instantes relances.

Celui-ci prit la parole :

« J'étais convaincu que tu ne m'aimais plus… J'ai donc abandonné tout espoir et, avec le temps, je me suis déterminé à vivre ma vie.

– Je me doute bien que tu devais être désespéré sans aucune information… Comme tu as dû souffrir, dit-elle en prenant de ses deux mains brulantes celles de Giacomo.

– Qu'as-tu décidé, alors ? interrogea-t-il.

– J'ai choisi de garder l'enfant. »

Claire poursuivit en expliquant qu'elle s'était promis d'assumer les situations difficiles qui se présenteraient, d'affronter seule l'avenir.

En dehors des heures d'internat et de cours, elle trouva un poste de surveillante à tiers-temps dans un collège à proximité du C.H.U. Ce petit emploi, auquel s'ajoutèrent des aides financières accordées aux mères célibataires, lui permit de pourvoir en partie aux besoins des premiers mois de son bébé.

***

La fin de l'année 1985 advint comme une sorte de bénédiction pour la jeune mère.

Des amis sincères l'invitèrent au réveillon du 31 décembre. Parmi les convives elle rencontra Gilles Mardeuille, un homme avenant, affable qui s'éprit d'elle et elle de lui. C'est ce qu'elle pensa et voulut croire.

Ils vécurent une fulgurante histoire à tel point qu'ils se marièrent de manière prématurée. Généreux, M. Mardeuille adopta l'enfant née de père inconnu. Claire se laissa aimer, mais le temps s'écoulant, le ménage perdit sa cohésion. Certainement s'unirent-ils trop vite, car le lien matrimonial s'effilocha progressivement jusqu'à la rupture. L'ambiance dégénéra trois années durant. Le couple traversa mauvaises passes et mauvais coups.

Claire ne supporta plus les conditions de vie qu'il leur infligeât, à elle et sa fille. Elle demanda le divorce. Il lui fut accordé en 1988 avec la garde exclusive de l'enfant.

Giacomo prit de nouveau la parole :

« Tu as donc une fille ? dit-il à Claire en serrant ses mains qu'il n'avait pas lâchées.

– Manon aura treize ans le 23 juillet prochain, répondit-elle avec calme.

– Quel ravissant prénom... As-tu des photographies d'elle ? »

Avant que Claire sorte son porte-photos du sac, le serveur s'approcha de la table. Il annonça que l'établissement allait fermer ses portes.

Le charme était rompu. Ce fut une contrariété pour Giacomo, une frustration pour Claire qui désirait montrer des clichés de sa fille.

Quatre ou cinq personnes étaient encore attablées dans le restaurant. En homme de convenances Giacomo régla l'addition, puis ils se levèrent, prirent leurs vêtements au vestiaire. Le garçon les reconduisit à l'entrée.

Claire et Giacomo se retrouvèrent sur le trottoir heureux d'une si belle, mais trop courte soirée. Tous deux auraient volontiers poursuivi jusqu'au bout de la nuit d'autant plus que Giacomo n'avait pas exposé son cas.

L'aspect positif de la situation impliquait une prochaine rencontre. Tous deux convinrent de se revoir au plus vite. Pourquoi pas demain à Saint-Etienne ? D'accord ! Rendez-vous à vingt heures au restaurant « La Bouche Pleine ».

Il accompagna Claire jusqu'à sa voiture. Au moment de se séparer, elle approcha son visage près de celui du beau ténébreux qui eut un incontrôlable mouvement de recul. Elle posa ses mains sur ses joues chaudes qu'elle caressa avec tendresse : « Bonne nuit, Giacco ! exprima-t-elle de sa voix douce avant de monter à bord. »

La charmante femme baissa la vitre, un gracieux au revoir de la main, puis elle repartit rayonnante de joie à l'idée de revoir Giacomo le lendemain.

Lui, rentra chez ses parents l'esprit embrouillé d'un millier de choses, mais le cœur en fête à l'idée de retrouver Claire.

10

Samedi 11 juillet 1998...

Des paupières lourdes, Giacomo savoura son petit-déjeuner assis à la table de la cuisine. Sous la fenêtre ouverte le brouhaha du marché hebdomadaire montait vers les étages de l'immeuble.

Depuis huit siècles d'existence le tumulte de la foule s'élevait le samedi matin, jour de marché dans cette bourgade ligérienne.

Comme d'habitude, les parents s'apprêtèrent, descendirent, puis se dirigèrent vers la place de l'Hôtel de ville, cabas sur le bras. Lui décida de se mêler à la foule hétérogène et de flâner parmi les éventaires des marchands dans les rues de la seconde sous-préfecture du département.

Auparavant, Giacomo téléphona à un centre de rééducation cardio-respiratoire de la Loire afin d'y inscrire son père, tel que l'avait conseillé Claire. À la suite d'une défection une place était disponible sur la liste de la session du mois de septembre.

***

Le scientifique apprécia de s'évanouir dans la cohue grouillante et bigarrée. De tous côtés la foule avançait, reculait, piétinait, hurlait, s'esclaffait, palabrait, comparait, soupesait, tâtait, revenait, humait, tripotait, reposait, goutait, hésitait, achetait enfin le plus souvent.

Les étalages colorés et odorants des primeurs regorgeaient de fruits de saison ainsi que de légumes variés.

Sur les lits d'algues glacées des comptoirs présentés par les poissonniers, coquillages, coques, moules, crustacés et poissons divers répandaient les senteurs iodées du large. Pour vérifier la fraicheur, les acheteurs vérifiaient les ouïes rouges ainsi que les yeux clairs des poissons de mer et d'eau douce.

Les bouchers vantaient à grands cris la qualité des viandes bovines d'espèces régionales variées exposées sur leurs étals : charolaise, salers, aubrac, limousine.

En vue de capter l'attention des chalands, les marchands ambulants de verroteries, camelots, vanniers, rémouleurs, couteliers, marchands de chaussures, vendeurs de vêtements, fromagers, charcutiers, boulangers, apiculteurs, fleuristes, s'époumonaient et s'agitaient derrière leurs présentoirs.

Immergé dans un monde hétéroclite de franc-parler, de patois locaux, de couleurs chamarrées, d'hilarités, d'exhalaisons odorantes, d'échanges jubilatoires, Giacomo Cortone baigna incognito dans une joie et un bonheur ineffable.

***

Il déambula dans la rue Tupinerie, flâna jusqu'au pont Saint-Jean parmi les bancs des forains, suivit le boulevard Lachèze, se rendit devant la collégiale Notre-Dame d'Espérance, franchit le Vizézy par le pont du même nom, puis se dirigea vers le cœur historique.

L'anthropologue s'engagea dans la rue du Marché jusqu'à la place Saint-André, fit une halte devant la demeure dans laquelle vécut l'un de ses amis d'enfance, aujourd'hui décédé. Dans cette maison naquit le poète, académicien et député Victor de Laprade.

Par la rue Martin Bernard, il parvint à la place Saint-Pierre où son père ouvrit jadis sa petite cordonnerie « Chez Mario ». S'arrêtant face à la devanture, maints souvenirs empreints de martèlements, d'effluves de cuir, de colle, de teintures, de cire d'abeille ressurgirent de sa mémoire.

Lui réapparut son père assis sur la chaise basse près de la table de travail, enfonçant des clous dans un talon de chaussure avec son marteau à manche rouge, coupant au tranchet le contour d'une semelle avant de le parachever sur les fraises et les bandes abrasives du banc de finissage.

Lui reparut sa mère cousant à la machine des brides de sandale, discutant avec les clients ou encaissant le coût des réparations.

Lui, adolescent, cousant à la main, à l'aide d'une alène et de ligneuls, des ballons de football en cuir, sacoches d'écoliers ou ressemelages de chaussures d'hommes.

Son père lui avait enseigné la gestuelle, transmis l'expérience. Giacomo éprouva une grande fierté d'avoir su et pu réparer lui-même ses propres chaussures. Des réminiscences vagues relatives aux tâches caractéristiques d'un métier en voie de disparition lui revinrent à l'esprit. Une époque révolue ancrée au fond de lui. Il esquissa un sourire de contentement.

Il se souvint que son père ouvrait l'atelier très tôt le matin. Maria lui préparait un sandwich à l'omelette. Lorsqu'il n'était pas à l'école, elle chargeait Giacco de l'apporter à son père. Il transportait ce trésor fumant et odorant le plus vite possible afin qu'il ne refroidît pas. Mario le savourait, mais le terminait rarement. Il laissait un morceau de pain et un bout d'omelette qu'il réservait à son fils. Celui-ci s'en délectait, car jamais le pain ne fut aussi bon !

Le chercheur emprunta ensuite la rue des Arches et rejoignit la place de l'Hôtel de Ville d'où il partit. Le tour du marché était bouclé, mais satisfait de ce retour dans son passé, il eut envie de poursuivre et décida de prolonger la promenade.

***

Giacomo traversa le boulevard de la Préfecture, suivit la rue des Moulins, puis celle des Lavoirs jusqu'aux berges du Vizézy. Autrefois sauvage, cet endroit urbanisé lui rappela de belles parties de pêche. Il longea le quai des Eaux Minérales par la rive droite.

Parvenu devant « Le Lion D'or », il fit une pause, s'assit sur le muret. Au-dessous de lui les eaux courantes de la rivière clapotaient entre les interminables renoncules flottantes et les galets.

Il revécut l'indicible bien-être ressenti la veille dans cet établissement en compagnie de Claire. Entre eux l'harmonie commune, les affinités et émotions se manifestaient à nouveau de façon concomitante en dépit du temps écoulé. Giacomo s'était rendu compte que l'amour ardent éprouvé pour cette femme ne s'était jamais refroidi. La passion s'était assoupie dans les profondeurs de son être.

Sa conscience scrupuleuse éveilla en lui le sentiment de ne pas agir dans le respect de ses valeurs morales. Ses pensées lui semblèrent infidèles aux mémoires de sa jeune épouse Deryn et de son fils Éliot, tous deux disparus onze ans auparavant. Il se souvint des dernières paroles d'amour balbutiées à son oreille comme une bénédiction par sa femme avant qu'elle ne s'éteignît.

Les liens qui l'avaient uni à Claire dans le passé lui apparurent davantage qu'un fantasme latent. Pour ce qui la concernait, ignorant tout de ses inclinations à ce jour, il se contenta de grommeler : « La réciprocité des sentiments ? Un énorme point d'interrogation. »

Enchanté de sa balade, le fils prodigue rentra chez ses parents par le boulevard Chavassieu. L'un des neuf boulevards qui contournent la ville en lieu et place des anciens remparts de protection du bourg médiéval.

***

Ce jour célébrait l'ouverture officielle de la fête patronale de la Saint-Aubrin, patron de la commune. Le retour de la vogue s'achèverait lundi 20 juillet après une période d'animations multiples : manèges pour enfants et adultes, loteries, jeux divers, courses cyclistes, bals, concerts, radio-crochet, feux d'artifice…

Cette tradition ancestrale perdurait depuis le XVIIe siècle !

Pendant le repas, il informa ses parents de l'inscription de Mario au stage de rééducation le 1er septembre. Ce dernier se réjouit d'apprendre cette nouvelle et manifesta son impatience dans l'attente de commencer. Giacomo demeura mystérieux et d'humeur badine. Il s'enferma dans sa chambre où il lut et écouta de la musique, des airs de musique classique qu'il affectionnait.

Ces attitudes ne laissèrent aucun doute dans l'esprit de Maria. Les mères comprennent, identifient cette nature de comportement. Elle l'avait déjà observé à quelques reprises dans la jeunesse de son fils. Elle décrypta sans hésitation qu'il était de nouveau amoureux.

Ravie, elle en toucha un mot à Mario :

« Je suis certaine que Giacco est amoureux, annonça-t-elle d'un air entendu.

– Et moi, je sais de qui, rétorqua-t-il !

– Il te l'a dit ? demanda-t-elle surprise.

– Non, mais j'ai bien compris que la petite Paupelier a toujours de l'importance pour lui, répondit-il en haussant les épaules.

– Tu penses que c'est elle ?

– Ils ont mangé tous les deux hier, ils recommencent ce soir. C'est une preuve qu'ils s'apprécient et qu'ils sont affamés... Non ? »

***

Claire s'attarda au lit, car elle n'était pas de garde cette fin de semaine et, de surcroit, au repos jusqu'au 15 juillet. Les yeux mi-clos, elle prit plaisir à se souvenir de l'agréable soirée d'hier. Giacomo lui apparut peu changé. Quelques ridules aux coins des yeux et de petits plis au front renforçaient son charme naturel d'homme mûr. Ce qui le rendait encore plus séduisant. Amusée, elle sourit. Si ses yeux riaient, son regard exprimait un sentiment de solitude qu'elle ne lui connaissait pas.

Claire avait remarqué l'absence d'alliance à ses doigts, tout comme elle d'ailleurs. Un détail qui ne l'intrigua pas sur le moment, quoique à présent...

En définitive, elle avait dévoilé une partie de sa vie sans qu'il ne formulât un seul mot de la sienne. Il est vrai que l'intervention du serveur avait abrégé la soirée.

***

Elle se leva lorsque la sonnerie du téléphone retentit. D'un preste mouvement vers le chevet elle décrocha le combiné, le plaqua contre son oreille d'un geste vif.

Ce n'était pas la voix du beau ténébreux, qu'elle espérait à son insu : « Allô, maman ! s'écria sa fille. »

L'adolescente souhaitait que sa mère déjeune avec eux puisqu'elle devait venir la chercher chez ses grands-parents. Maman acquiesça à la demande !

En fin de matinée, la Professeure fila à Saint-Etienne et gara son véhicule au cours Fauriel. Pour leur plus grand plaisir, parents, fille et petite-fille déjeunèrent ensemble.

Claire et Manon rejoignirent le centre-ville. Elles baguenaudèrent l'après-midi durant dans les boutiques. Mère et fille avaient coutume de finir leur flânerie parmi les rayons de leur librairie préférée. En fin de journée, Claire ramena sa progéniture chez ses parents. Elle leur demanda de la garder jusqu'au lendemain. Accoutumés au fait, ils acceptèrent sans façon.

***

Comme la veille, Giacomo se doucha, se rasa, se coiffa, se vêtit, se parfuma et se coiffa de nouveau. Que pouvait-il espérer de plus que la veille de ce dîner avec Claire ? « Découvrir ce que son cœur ne m'a pas encore dévoilé ! pensa-t-il à voix basse. »

À l'heure dite, il se présenta le premier devant le restaurant stéphanois « La Bouche Pleine », situé à proximité de la place Chavanelle. Il scruta les alentours sans apercevoir Claire.

Elle survint quelques minutes après. La charmante femme s'approcha :

« Bonsoir, Giacco ! dit-elle en lui baisant les joues de ses lèvres chaudes.

– Claire, tu es encore très en beauté !

– Flatteur ! ironisa-t-elle. »

Il lui offrit son bras et entrèrent bras dessus bras dessous, plein d'entrain.

Le garçon de salle les installa à la table qu'il leur avait réservée. Les commandes passées, la discussion reprit à l'apéritif. Ils exposèrent leur journée respective en détail.

Impatient, Giacomo demanda :

« Nous n'avons pas pu voir les photos de ta fille hier au soir, veux-tu bien me les montrer ?

– Plus tard… Avant, parle-moi de toi. »

L'anthropologue s'exécuta de bonne grâce. Il raconta à son tour ce qu'il advint de sa vie depuis leur ultime journée commune.

Dès le lendemain, le jeune diplômé s'envola pour Londres afin de prendre ses fonctions au musée de l'Homme.

Pour des raisons inconnues de Giacomo en ce temps-là, Claire cessa de correspondre avec lui. Affligé, il se rendit à l'évidence et reconnut que sa compagne s'était lassée de cette situation incertaine. Il admit la rupture comme définitive.

Le néolondonien rechercha un logement à proximité d'une station de métro et proche de son lieu de travail. Localisée dans un immeuble de Shalton Street, la perle rare se situait à quelques centaines de mètres de la station de King's Cross St. Pancras.

***

Les bâtiments du musée de l'Homme étaient implantés à Burlington Gardens dans le quartier de Mayfair. Les spacieuses salles hébergeaient les bureaux, les expositions et la bibliothèque d'anthropologie du département d'ethnographie du British Museum.

Le Dr Cortone intégra le groupe de préparation à la réorganisation du futur grand département de l'Afrique, de l'Océanie et des Amériques. Sa finalisation était programmée à long terme. Au regard de sa spécialité, il eut en charge les civilisations précolombiennes de Mésoamérique les civilisations indigènes des Andes : Olmèque, Toltèque, Teotihuacano, Mixtèque, Aztèque, Inca, Maya, Moche, Muisca, Cañaris.

C'est dans ce contexte d'importance que le savant fit connaissance de Deryn, une ravissante et fascinante Galloise. De manière fortuite, il rencontra l'étudiante en ethnologie un matin sur le quai de la station de métro de King's Cross St. Pancras.

Elle montait à bord de la rame lorsque se produisit une bousculade imprévue. Elle tomba en arrière, dans les bras de Giacomo. La jeune femme se retourna, le remercia, éclata d'un adorable rire communicatif. L'hilarité le gagna !

Elle se rendait au musée de l'Homme où elle préparait une thèse de fin d'études.

Une idylle commença entre eux. Elle évolua de façon progressive. Leurs vies se modifièrent inexorablement. Apparurent nombre d'affinités auxquelles succéda l'amitié. Elle déclencha une complicité telle qu'elle devint un sentiment d'attachement indéfectible. Lien de dépendance réciproque qui se métamorphosa en amour passionné.

Claire écoutait d'une oreille attentive, mais elle se rendit compte qu'à défaut de manger elle buvait ses paroles :

« Ce que tu me dépeins est captivant… Pour autant, nous devrions manger et savourer nos plats avant qu'ils refroidissent !

– Je croyais que… En effet, mangeons, je reprendrai dans un moment. »

***

Pendant le dessert, Giacomo reprit le cours de sa vie passée.

Deryn et lui se marièrent. Le petit Éliot naquit quelques mois plus tard. Ils filèrent le parfait amour, virent grandir leur enfant dans la joie, jusqu'à ce jour fatidique de novembre 1987. Très ému, il s'interrompit un instant tandis que son regard se troubla.

Claire effleura son visage du bout des doigts :

« Qu'y a-t-il, Giacco ?

— L'émotion m'envahit chaque fois que j'évoque ou pense à cette journée maudite... Je suis bouleversé.

— Quelle journée, dis-moi ?

— Mercredi 18 novembre 1987...

— Que s'est-il donc passé ? »

Il sécha ses larmes, puis continua.

***

Cette après-midi-là, le couple regagna son appartement après avoir terminé la journée. La famille se disposait à vivre une agréable soirée entre amis.

Vers dix-neuf heures trente, le feu se déclara dans un escalator en bois de la station de métro

King's Cross St. Pancras, implantée à quelques rues de chez eux. Deux heures auparavant, ils étaient passés par là.

La jeune mère s'en alla à pied chez la nourrice afin de ramener Éliot à leur domicile.

Peu avant vingt heures, la cage de l'escalier mécanique s'embrasa de manière subite. Les flammes se propagèrent avec une violence inouïe dans la billetterie souterraine. L'incendie fut déclaré éteint le lendemain matin à une heure quarante-six.

Cent cinquante pompiers luttèrent sans relâche toute la nuit. Trente et une personnes perdirent la vie dans le brasier. Quatorze ambulances transportèrent cent blessés parmi lesquels dix-neuf grièvement vers les hôpitaux de Londres dont l'University College Hospital, situé à proximité de l'appartement du couple Cortone.

Deryn porta Éliot blotti dans ses bras lors du retour chez elle. Les va-et-vient incessants, les hurlements assourdissants des ambulances et des véhicules de lutte contre les incendies effrayaient le bambin.

Au carrefour de Duke's Road, elle emprunta un passage clouté en deux parties afin de traverser la large artère de Euston Road. Au milieu de la chaussée, elle s'arrêta sur l'aire réservée aux piétons. En face, une camionnette surgit de Churchway, vira à gauche sur Euston Road et s'engagea sur l'A501.

Au même moment une ambulance, qui retournait à la station de métro en flammes, surgit à vive allure. Devant elle, une limousine accéléra fortement en essayant de se rabattre sur la gauche afin de laisser la voie de droite libre à l'ambulance. Dans sa hâte, le chauffeur de la limousine compromit la manœuvre.

Se produisit une collision inévitable et catastrophique.

La lourde automobile percuta avec violence le véhicule utilitaire qui circulait sur l'A501. À la suite de l'impact, celui-ci monta sur le trottoir sans occasionner de victime. La limousine, projetée sur l'aire piétonnière, faucha la mère et l'enfant dans un choc effroyable.

Le petit Éliot mourut sur le coup. Deryn fut éjectée au loin, gravement blessée. Les secours intervinrent très vite au mépris de l'intense circulation. Elle fut évacuée à l'University Collège Hospital, tout proche.

N'y tenant plus, Giacomo cessa le récit. Il se tut. Claire perçut ses sanglots sourds.

Bouleversée, elle proposa à voix basse :

« Souhaites-tu interrompre là ?

– Non... En mémoire de mon épouse et de mon fils, je me dois de poursuivre... Il est important pour moi que tu saches.

– Continue, Giacco. »

Se sachant écouté, compris et soutenu, il reprit l'exposé chronologique des faits tels qu'ils se déroulèrent.

Appelé à son domicile par le service des urgences de l'hôpital, il se rendit aussitôt au chevet de Deryn.

Découvrir son épouse accidentée le terrifia. Les pronostics des médecins étaient plus que réservés. Giacomo insista pour rester auprès d'elle cette nuit-là. Installé à côté du lit, il la veilla jusqu'au matin, allongé sur un lit pliant.

À maintes reprises elle s'éveilla, extériorisa sa souffrance d'une voix plaintive, demanda à voir son enfant. Il tenta de lui expliquer que leur fils de deux ans et demi avait perdu la vie au moment de l'accident.

Chaque fois, Deryn manifestait l'expression d'une fugitive, mais profonde détresse. Les paupières baissées, elle n'exprimait aucune parole, n'effectuait aucun signe, seules de grosses larmes d'affliction coulaient sur ses joues blêmes.

Lorsque pointa le jour, elle ouvrit les yeux, chercha la main de son mari et la serra de toutes ses faibles forces. Elle gémit des sons inaudibles.

Il se leva, inclina le buste au-dessus de sa tête, approcha son oreille près des lèvres de son épouse. Elle balbutia ces ultimes mots d'amour, tel un assentiment : « Retrouve une âme sœur… Que battent vos cœurs… à l'unisson. »

Il la prit dans ses bras, il l'étreignit avec une grande ferveur amoureuse contre son cœur. Éploré, il la reposa avec précaution. Giacomo, impuissant, regarda la mort emporter la vie. Hébété, il se rassit tout près du corps de Deryn, ne sachant que faire ni que dire.

Les alarmes sonores de la machine retentirent dans la pièce. Le personnel soignant ne tarda pas à entrer dans la chambre.

Anéanti, perdu dans ses pensées, il sortit dans le couloir, marcha vers la sortie.

Au terme d'un mois et demi, l'anthropologue s'établit à Paris où il venait d'obtenir un poste important au CNRS.

Onze ans plus tard, l'appel téléphonique de son directeur chargé de mission le conduisit à se rendre chez ses parents, en vacances.

L'homme de science souffla. Giacomo se tut, comme apaisé.

***

Incommodée, Claire rompit le silence qui suivit le récit tragique :

« Je n'ai pas revu tes parents depuis ton départ... J'ignorais ce drame que tu as vécu...

– Il était beaucoup trop jeune pour mourir... Elle était belle, intelligente, nous nous aimions...

– Je peux comprendre que tu aies décidé de ne plus revenir.

– Maintenant, montre-moi les photos de ta fille, réclama-t-il avec un sourire. »

La mère sortit de son sac le porte photos. Elle les lui montra une à une.

Manon apparut depuis sa naissance jusqu'à présent. Pour chacune d'elles, Claire expliqua les circonstances de la prise de vue, ce qui enchanta Giacomo.

Observateur attentif, il remarqua que l'adolescente ressemblait joliment à sa mère, mais qu'elle possédait quelques attitudes et traits communs avec lui.

Une réflexion fortuite lui vint à l'esprit : « Se pourrait-il que Manon soit ma fille ? »

Il se garda de dire le moindre mot à ce sujet. Néanmoins, il la félicita d'avoir une ravissante fillette dont le joli minois reflétait malice et sympathie.

***

Debout l'un près de l'autre sur le stationnement de la place Charnelle, il saisit les mains de Claire et les baisa. Bien que surprise, elle y consentit implicitement. Il la remercia de l'avoir écouté jusqu'au bout de son histoire.

Il raccompagna Claire à son véhicule dont il referma la portière. Elle lui adressa un baiser du bout des doigts avant de s'en aller seule dans la nuit. Giacomo repartit le cœur en fête, car ils se reverraient demain après-midi !

L'idée saugrenue qui avait germé dans sa tête stimula son imagination. Elle le perturba en revenant chez ses parents et davantage lorsqu'il fut couché.

À mi-voix, l'homme de science établit la suite des faits rapportés dans l'ordre temporel. Il élabora une histoire probable qui le conduisit à une conclusion plausible : « Claire et moi sommes restés ensemble jusqu'au 14 octobre 1984. Ce soir-là, nous avons fait l'amour comme jamais. Douze jours plus tard, elle a été victime de ce viol collectif ignoble. Sa fille est née le

15 juillet 1985, soit neuf mois après mon départ pour la Grande-Bretagne à un jour près. Depuis sa conception, la durée de gestation d'un fœtus est en moyenne de neuf mois, soit trente-huit semaines. Bien que compliqué à estimer de manière précise, il est commun d'admettre une grossesse parvenue à terme si sa durée est comprise entre trente-sept et quarante-deux semaines. Il est donc possible que Manon soit ma fille. »

11

Dimanche 12 juillet 1998...

Giacomo Cortone se leva songeur et fébrile. Toute la matinée, il ressassa les termes de la conclusion à laquelle il était parvenu la veille au soir.

Il allait et venait dans l'appartement comme un fauve en cage. Il regardait sans cesse la comtoise, s'arrêtait, marmonnait le regard fixe, soufflait, repartait en sens inverse.

Le singulier manège attira l'attention de son père :

« Qu'as-tu, Giacco ?

– Rien papà...

– Alors, pourquoi tu parcours les pièces dans tous les sens en bredouillant ? »

Il s'assit dans un fauteuil, résuma les faits et révéla la conclusion de ses cogitations.

Mario admit qu'elle était vraisemblable. Le père lui suggéra de parler à Claire afin d'essayer d'obtenir une réponse à cette question, ce que son fils était déterminé à effectuer au plus tôt.

***

Claire décrocha le téléphone :

« Encore vous, arrêtez de me harceler ! cria-t-elle, exaspérée.

– Claire… C'est moi, Giacco. Que se passe-t-il ?

– Rien… Tout va bien.

– Veux-tu que je te rappelle plus tard ?

– Non, non… Je t'assure, tout va bien.

– Vraiment ? Ce n'est pas l'impression que j'ai eue.

– Oui… Que veux-tu ?

– Hier au soir, nous nous sommes quittés à la hâte… Je t'appelle pour savoir à quelle heure souhaites-tu que je vienne te voir cette après-midi ?

– Quand tu le désireras, répondit-elle prise au dépourvu.

– Disons, quinze heures chez toi.

– Parfait… Quinze heures à la maison, reprit-elle. »

D'un mouvement apathique, Claire raccrocha l'appareil. Elle demeura pensive. Pourquoi cette demande et une telle hâte ?

***

Giacomo sortit la carte de Claire. Il la plaça sur le tableau de bord de son véhicule. Parvenu à l'adresse indiquée, il gara le véhicule, descendit, sonna à la porte. Elle accueillit l'anthropologue, un large sourire aux lèvres. Elle l'embrassa avec ardeur, le prit par la main, l'emmena au salon.

Elle voulut savoir au plus vite de quoi il retournait :

« J'avoue avoir été surprise par ton appel téléphonique…

– Et moi, par ta réponse… Qui te harcèle ?

– Je te raconterai plus tard.

– Quand tu le voudras, mais cela m'inquiète… Es-tu seule ici, je veux dire ta fille est-elle là ?

– En voilà des interrogations… Bien sûr, je suis seule… Explique-toi, je ne comprends pas ton comportement.

– Excuse mon attitude inquisitrice… Et tant mieux si nous pouvons parler librement… Depuis hier au soir, je me pose une question dont la réponse positive me rendrait le plus heureux des hommes.

– À ce point-là ! s'exclama-t-elle en riant.

– Crois-moi, ma question est des plus sérieuses qui soient, Claire.

– Je t'écoute avec attention. »

Il résuma les faits de manière chronologique, détailla ses réflexions, conclut ses propos par ce dénouement vraisemblable : « Il est possible que Manon puisse être ma fille. »

Claire resta sans voix, déconcertée. Des larmes coulèrent sur son visage. Elle les sécha d'un revers de main.

Peinée, elle reprit :

« Il n'est pas un jour sans que je pense à cela… Si j'en avais la certitude, je serais la plus heureuse des mères.

– N'as-tu pas cherché à savoir ?

– J'ai toujours voulu croire qu'elle est notre fille.

– Nous n'en savons donc rien.

– Non… Es-tu déçu ? Je serais consternée d'apprendre le contraire, mais si tu désires que nous effectuions un test de paternité…

– Déçu, non... Savoir, oui... En toute sincérité, je l'espère vivement. »

Il se leva, se dirigea vers Claire, la prit par les épaules. Elle se leva à son tour, s'approcha de lui.

Leurs corps se frôlèrent. Ils s'enlacèrent, s'étreignirent longtemps, puis s'embrassèrent d'un baiser d'une lenteur délicieuse. La tête appuyée contre le cœur de Giacomo, Claire ouvrit les yeux : il lui apparut énamouré, comme au premier jour. Quant à elle, son regard, miroir de l'âme, reflétait tout l'amour qu'elle éprouvait encore pour lui.

Enserrée dans ses bras, Giacomo discernait le moindre de ses mouvements : sa respiration courte, les battements rapides de son cœur, ses frissons de plaisir, les frémissements de ses lèvres sur les siennes. Claire saisit la main de Giacomo et l'emmena dans sa chambre.

***

Lovés dans les draps froissés, les deux amants continuèrent le tête-à-tête dans la pénombre, leurs corps blottis l'un contre l'autre.

Claire relança le dialogue par une confidence laconique :

« À l'exception de mes parents, je n'ai révélé à personne l'abus dont j'ai été victime.
– Ni à Manon ?
– Non.
– Que sait-elle de son père biologique ?
– Il nous a abandonnés lorsqu'elle est née... J'en conviens ce n'est pas flatteur, mais je ne voulais pas qu'elle sache, ni la tourmenter.
– Je comprends... Selon toi, serait-il bon qu'elle apprenne que je pourrais être son père biologique ?
– Giacco, tout dépendra de ce que nous déciderons pour nous, mais au préalable je voudrais te la présenter.
– J'en serais très heureux ! »

Ils se résolurent à attendre quelques jours avant le premier contact. Elle argüa que ce délai lui permettrait de préparer Manon en toute quiétude à la rencontre.

Intrigué par la réponse sèche de la spécialiste à son appel, Giacomo réitéra sa question avec insistance :

« Dis-moi qui te harcèle, Claire ?
– Homme ou femme, je l'ignore... La voix est déformée... La personne m'importune soit au cabinet, soit chez moi.
– Que dit-elle, cette voix ?

– Des inepties injurieuses qui ne méritent pas d'être prises en considération, crois-moi. » L'obstination de Giacomo la décida à parler.

***

Plusieurs années après son divorce, elle eut une aventure avec un médecin anesthésiste de son service. Liaison brève et rupture houleuse à l'initiative de Claire qui éconduisit le bellâtre sans le ménager. Puis, le médecin anesthésiste quitta le C.H.U. de son plein gré.

Dans le même temps, une jeune opportuniste, infirmière en salle d'intervention du service de cardiologie, prononça des propos haineux à l'égard de Claire sans qu'elle ne sût pourquoi. Au terme de deux mois, la jeune femme fut mutée dans un autre bloc chirurgical.

Pendant cette période de dissensions, la clinicienne eut une altercation avec un vétéran acrimonieux de la dermatologie doublé d'un misogyne. Elle concernait un conflit opposant un étudiant en médecine, neveu de l'acariâtre médecin, à Claire, son Professeur principal à l'université.

Le corps enseignant considéra comme inacceptable le comportement pernicieux et perturbateur du carabin. Ses résultats médiocres et son inaptitude hypothéquèrent sérieusement ses prétentions à embrasser une quelconque carrière médicale. Débattu en commission de discipline, son cas fut sanctionné par un renvoi.

Inquiet pour son poulain, le dermatologue sollicita une entrevue avec Claire. Le quidam l'accusa d'être à l'origine de la punition. Il proféra des mots désobligeants à l'encontre de la cardiologue. La discussion devint orageuse à un point tel qu'il la menaça de dévoiler son secret à qui voudrait l'entendre.

Le dermatologiste souligna que l'information lui avait été révélée par un confrère moins âgé que lui. Ce dernier s'était vanté sans vergogne d'avoir abusé naguère d'une jeune étudiante en médecine à Lyon dont il lui révéla le nom. Avec deux autres complices ils avaient perpétré ce faux pas collectif, ainsi qualifia-t-il l'ignominie, lors d'une soirée étudiante en octobre 1984.

Claire ne céda pas à la pression de l'intrigant personnage. Toutefois, ses propos l'étonnèrent. Les coups de fil anonymes débutèrent peu après.

De prime abord, la cardiologue soupçonna le vaniteux médecin anesthésiste.

Plus tard, elle eut vent du fait que, avant sa courte liaison, la jeune infirmière s'était éprise de l'anesthésiste. Forte était son inimitié envers Claire.

La situation fut telle qu'elle ne sut pas qui de l'anesthésiste prétentieux, de l'infirmière jalouse ou du vieux dermatologue la harcelait.

Elle prétendit que cela ne l'importunait pas outre mesure, pourtant Giacomo ressentit qu'un réel malaise la tourmentait.

La journée touchait à sa fin quand les amants se séparèrent. Il repartit à Montbrison, tandis qu'elle filait chercher Manon à Saint-Etienne.

***

De façon inhabituelle, la mère et la fille échangèrent peu de paroles lors de leur retour chez elles.

Absorbée par ses pensées, Claire se demanda quand et comment elle pourrait aborder le sujet qui la préoccupait, avec son enfant.

La fillette, subodorant sa mère soucieuse, s'interrogea sur l'objet de ses inquiétudes.

Après le diner avalé dans un relatif silence, Manon se détermina à questionner sa mère :

« Tu n'as presque rien dit depuis que nous sommes revenues de chez papi et mamie, qu'est-ce que tu as, maman ?

– Ne t'inquiète pas ma chérie, il n'y a rien de grave, répondit la mère assise sur le canapé.
– Tu réfléchis depuis ce moment-là sans que tu me dises pourquoi… Ça me tracasse.

Claire saisit l'opportunité qui s'offrait à elle et incita la demoiselle à s'assoir à ses côtés. Manon se recroquevilla contre sa mère.

Cette dernière commença par ces mots :

« À ton âge, j'estime que tu es en mesure de comprendre certaines choses de notre vie.
– De quoi veux-tu parler, maman ?
– Des arcanes de ta naissance… Je dois te dévoiler un secret, dit-elle d'une voix douce en caressant les cheveux de sa fille.
– Un secret… Quel secret ?
– Celui de ta naissance.
– Qu'est-ce qu'elle a de particulier ma naissance ? interrogea Manon en relevant la tête.
– Justement, elle a une singularité qu'il est important de t'expliquer. »

***

Manon savait que son père biologique les avait abandonnées à sa naissance, elle et sa mère. Elle savait aussi que Gilles Mardeuille l'avait adopté lorsque sa mère et lui s'étaient mariés. En revanche, elle ignorait tout de sa conception et de son père biologique.

Claire se lança dans les explications en prenant toutes les précautions nécessaires afin de préserver sa fille. Elle lui dévoila qu'étant étudiante en second cycle de médecine elle vécut un merveilleux amour pendant quatre années avec un étudiant en anthropologie. Quelque temps après le départ de celui-ci pour une première fonction à Londres, elle fut droguée à son insu et victime d'un abus collectif.

Manon, qui écoutait en silence, ne put se retenir et s'écria affligée :

« Maman, tu as été violée... Mais, c'est affreux, répugnant !

– C'est une histoire ancienne, ma chérie. »

Comprenant la vive émotion provoquée à sa fille, la mère poursuivit afin de passer au plus vite sur cette abjecte épreuve de sa vie. Elle commenta qu'elle perçut très tôt son état de grossesse, mais ne voulut en parler à personne d'autre qu'à ses parents.

La jeune fille consternée demanda :

« Alors, je suis le fruit d'un viol ?

– Pas nécessairement, car la nuit avant le départ de mon amoureux nous avions...

– Vous aviez fait l'amour ?

– Exactement ! s'exclama Claire surprise.

– Alors, il serait possible que je sois la fille de ton chéri ?

– Cela se pourrait… En tout cas, c'est ce que je souhaite du fond du cœur.

– Tu ne le sais donc pas ?

– Non, j'ai toujours voulu et je veux croire encore à cette éventualité.

– Et qu'est-ce que tu comptes faire ?

– La décision la plus pragmatique serait d'effectuer un test de paternité, mais cela implique que nous soyons tous d'accord.

– Pour ça, il faudrait que tu retrouves ton amoureux et que tu lui demandes s'il serait d'accord ! s'enflamma Manon.

– C'est fait… Il est d'accord !

– Tu plaisantes, maman ?

– Non, il m'a retrouvé… Je te l'assure !

– C'est fou ! Il est marié ? Il a des enfants ?

– Giacomo est veuf et n'a pas d'enfant.

– Un beau prénom, Giacomo.

– Pas de précipitation… D'une part, je ne connais pas ses intentions actuelles. D'autre part, le risque d'un résultat négatif existe avec de sérieuses conséquences pour nous et surtout pour toi, ma chérie.

– Si on n'essaye pas, on ne saura jamais. »

Rêveuse, Manon se maintint pelotonnée contre sa mère jusqu'à ce qu'elle l'interroge de nouveau :

« Pourquoi tu n'as pas parlé à ton chéri ?

– Parce que je ne savais pas qui t'avait conçu… En vérité, je redoutais de le découvrir. Dès ce moment-là, j'ai cessé de correspondre avec lui…

– Il a dû penser que tu le laissais tomber.

– En effet, mais je gardais l'espoir que tu étais notre fille… En agissant ainsi j'étais certaine de le perdre tout en lui rendant sa liberté. Crois-moi, j'en fus très malheureuse, argumenta Claire surprise par l'état d'esprit mature de son enfant. S'il te plait ne me juge pas, ma chérie… »

Celle-ci se leva lentement, embrassa sa mère avec tendresse, puis se réfugia dans sa chambre. Pensive, Claire resta assise sur le canapé.

Elle considéra que Manon avait compris les tenants et les aboutissants de ce qu'elle venait de lui annoncer. Elle était consciente que la jeune fille réfléchirait, assimilerait ces révélations et reviendrait sur le sujet.

La cardiologue rejoignit sa chambre, se mit au lit, mais demeura éveillée, allongée sur le dos.

Elle songea à Giacomo qu'elle reverrait demain en début d'après-midi à Montbrison.

Elle admit éprouver de vifs sentiments envers lui depuis leurs retrouvailles.

Elle pensa à Manon dont la sagacité et la gentillesse, précoces pour son âge, l'avaient surprise. Claire en fut satisfaite.

Elle conclut au besoin de resserrer davantage le lien affectif fort qui l'unissait à sa fille, en passe de devenir adolescente.

***

Chez les Cortone la soirée s'annonçait sportive, devant le téléviseur. L'équipe de France de football avait gravi avec brio les échelons jusqu'à la finale. Pas n'importe quelle finale : celle de la coupe du monde 1998 qui allait débuter dans quelques instants.

Maria termina la vaisselle du diner et la rangea dans le buffet de la cuisine. À vingt heures trente, la famille Cortone au complet s'installa au salon.

La retransmission télévisée s'annonçait passionnante pour les amateurs de ce sport : la seizième finale de la coupe du monde au programme ! Devant quatre-vingt mille spectateurs passionnés, la *Seleção* affrontait les Bleus au stade de France à Saint-Denis.

Les admirateurs de la planète entière, les auditeurs, les téléspectateurs, les supporters des deux pays allaient assister à une finale de championnat du monde historique…

Fervents partisans de la formation italienne, Mario et Maria suivaient la compétition depuis le début. Ils avaient espéré que la *Squadra azzura* serait finaliste. Le sort en décida autrement : elle avait été éliminée par la France en quart de finale.

Moins attentif aux résultats, Giacomo écouta les commentaires de son père sur les différentes rencontres de l'épreuve au fur et à mesure qu'elles se déroulèrent.

Être en leur compagnie ce soir-là lui rappela les formidables soirées football passées avec eux dans sa jeunesse.

La partie tint toutes ses promesses : la France remporta une victoire sans appel de trois buts à zéro. Zinedine Zidane, Marcel Dessailly et Emmanuel Petit furent les héros de la partie !

Dès le coup de sifflet final des cris de joie, des concerts de klaxons, des vivats se firent entendre dans les rues de Montbrison. Jusque tard dans la nuit, les fêtards scandèrent des acclamations de victoire : « *On a gagné, on a gagné !* », « *On est les champions, on est les champions, on est, on est, on est les champions !* », « *Et un, et deux et trois ! Et un, et deux et trois !* »

Le lendemain, les semaines, les mois suivants, le triomphe des Bleus devint un motif de liesse généralisée à l'ensemble du pays. Chacun se réjouit de l'indéniable résultat.

Les populations de métropole, des territoires d'outre-mer, les médias de tous types, les élus politiques de tous bords, tous affichèrent une extraordinaire et fraternelle allégresse.

La remarquable réussite sportive de l'équipe de France instaura une sorte d'unité nationale éphémère et une sérénité relative jusque dans les quartiers sensibles des grandes agglomérations.

12

Lundi 13 juillet 1998…

Manon se réveilla la première, se leva, prit une douche, puis se précipita à la cuisine.

Elle prépara un copieux petit-déjeuner pour sa mère et elle-même. La fillette souhaitait profiter de ce rare, mais précieux moment où parents et enfants peuvent se retrouver réunis, donc accessibles à la discussion.

Les odeurs de pain grillé et de café chaud tirèrent Claire du sommeil. Elle sortit du lit, enfila sa nuisette, revêtit sa robe de chambre avant de se diriger vers la cuisine.

Dès qu'elle ouvrit la porte sa fille l'accueillit, enthousiasmée :

« Tu as bien dormi, maman ? s'exclama-t-elle en l'embrassant.

– Bonjour, ma chérie ! Oui... Et toi as-tu réussi à dormir malgré toutes ses révélations ? répondit Claire, surprise par la vive impulsion de sa fille.

– J'ai bien dormi, mais j'ai des questions à propos de notre conversation d'hier au soir.

– Ah, bon ! Je m'en doutais un peu, plaisanta-t-elle. »

Comme l'avait imaginé sa mère, Manon engagea aussitôt le jeu des questions-réponses :

« Pourquoi tu ne m'as jamais parlé avant de ce qu'il t'était arrivé ?

– Je pensais que tu n'étais pas encore prête à entendre ce type d'aveux et j'éprouvais un fort sentiment de honte inavouable envers toi.

– Maman, tu étais victime, pas coupable ! insista la fillette.

– À cette époque, les femmes violentées étaient blâmables, jugées comme provocatrices. Aux yeux de la gent masculine, il était admis qu'elles méritaient ce qu'elles avaient subi.

– Ce n'était pas ta faute... Tu as dit que Giacomo était veuf sans enfant, il en a eu ?

– Oui, acquiesça-t-elle d'un signe de tête.

– Pourquoi tu souris, maman ?

– Parce que tu l'appelles déjà par son prénom.

– Dis-moi, combien d'enfants ?

– Un fils de deux ans et demi, Eliot... Le pauvre bout de chou est décédé lors d'un accident de la circulation en même temps que sa mère.

– Tous les deux, c'est tragique, horrible... Ton chéri a dû être très malheureux. Tu sais quoi de l'accident ? »

Claire hésita. La fillette insista afin que sa mère relate l'affaire. Elle résuma ce que Giacomo lui avait confié.

Manon se montra troublée par la brutalité des faits, l'enchainement fatal des circonstances, la soudaineté de la mort face à la vie.

Elle poursuivit le questionnement :

« Tu crois qu'il aimerait me connaitre ?

– J'en suis convaincue...

– Ah, bien ! Alors, quand tu comptes me présenter à lui ?

– Je te trouve bien pressée de vouloir le rencontrer ! répondit sa mère d'un air malicieux.

– Mais, maman c'est peut-être mon père !

– Je plaisante, mon petit cœur ! »

À la suite de cette discussion matinale, Claire téléphona à Giacomo. Elle décrivit la situation.

Il fut enchanté d'apprendre que Manon exultait à l'idée de faire sa connaissance. Il les attendrait au « Lion D'or » à treize heures trente.

Chacune mesura l'importance du rendez-vous selon ses intérêts personnels. Dès lors mère et fille se hâtèrent de s'apprêter.

Concernant la seconde, son but était de se présenter en toute simplicité, de déceler les possibles points communs, les affinités en vue de capter l'attention du chéri de maman, son éventuel géniteur.

Quant à la première, le but était d'observer les réactions de Manon ainsi que celles de Giacomo, en croisant les doigts.

***

Claire gara l'auto près du trottoir. Elles descendirent, puis se dirigèrent vers Giacomo qui patientait devant l'entrée.

Ils pénétrèrent dans le hall de l'établissement où le maitre d'hôtel les accueillit. L'homme les introduisit dans le salon.

Tous trois prirent place dans les moelleux fauteuils autour de la table basse. Le serveur prit la commande : glaces, pâtisseries, confiseries, cafés et jus de fruit !

Les présentations effectuées, la discussion entre Giacomo et Manon prit un temps d'adaptation avant de commencer.

Il ignorait comment aborder la fillette. Sa stratégie fut de l'amener à parler d'elle, de ses études, de ses aspirations, de ses projets futurs, de son avenir. Son objectif était d'apprendre à la connaitre, d'identifier leurs éventuels points de prédilection, de déceler ce qui porterait à penser qu'elle puisse être sa fille.

Sur quelles bases : physiques, intellectuelles, morales ? Il n'en avait qu'une vague idée. Il misa sur son expérience professionnelle en excluant toute intervention affective ou émotionnelle, facteurs susceptibles de bouleverser ses appréciations.

Le résultat apparut satisfaisant, à savoir qu'il serait heureux si la fillette devait être son enfant. Il le leur avoua en parlant clair.

Manon désira apprendre le plus possible de cet inconnu qui pourrait se révéler être son père biologique. Elle calqua ses interrogations sur celles que Giacomo lui avait posées. L'intuition féminine innée, la motivation, sa perspicacité naturelle guidèrent ses paroles pendant toute la conversation. La pertinence de ses propos n'eut d'excuse parfois que la fougue de sa jeunesse, bien que leur forme n'occultât en rien leur fond.

Au terme de l'entrevue, elle plaida avec une ardeur juvénile en faveur de sa mère par un panégyrique qui éveilla sympathie, admiration voire fierté intérieure chez l'homme de science.

Conquis, il se parla à lui-même : « Quelle énergie, quel caractère, quelle détermination en cette jeune personne ! »

La mère essuya ses yeux, sourit à sa fille. Elle l'embrassa en la serrant contre sa poitrine.

Cette tendre scène toucha l'anthropologue, car elle lui dévoilait le puissant lien qui les unissait.

Enthousiasmé, Giacomo se leva et proposa d'aller flâner à la fête foraine toute proche : l'accord fut unanime !

Claire remarqua que le regard de Giacomo ne reflétait plus le sentiment de solitude discerné dans ses pupilles, il y a quelques jours. Elle s'en réjouit d'autant plus qu'il paraissait éprouver une jubilation certaine au contact de Manon.

La mère observa chez cette dernière que ses joues n'avaient pas rosi d'un tel plaisir depuis bien longtemps. Claire ressentit que sa fille était enchantée au plus haut point.

La cardiologue se complut à conjecturer la potentialité d'un ménage recomposé. La réalité dissipa sur-le-champ la vision trop idyllique du moment, car une incertitude majeure demeurait en suspens : Giacomo accepterait-il Manon si sa paternité n'était pas attestée ?

Enthousiasmés par l'ambiance de ce premier contact, ils désirèrent se retrouver le lendemain, jour de la fête nationale du 14 juillet. L'entrain de l'instant les poussa à définir le programme des réjouissances de la journée dont les prévisions météorologiques s'annonçaient idéales !

***

Maria remarqua l'air radieux de son fils lorsqu'il franchit le seuil de l'entrée : « Giacco a dû passer un agréable moment avec ces petites, se dit-elle en esquissant un sourire. »

Elle ne manqua pas de l'interroger :

« Tu as l'air bien guilleret ?

– Cela se voit donc à ce point ?

– Ton visage rayonne de joie ! »

Enflammé, Giacomo raconta l'agréable après-midi et les projets d'avenir qui pourraient en découler. Il gagna sa chambre et se mit à siffloter gaiement.

Sa mère sourit. Elle comprit qu'il s'était de nouveau épris de celle qui avait été la passion de sa jeunesse. Elle songea que se remarier serait une issue heureuse pour son fils. Une seule question lui vint à l'esprit : comment réagira-t-il si Manon n'est pas sa fille ? Maria aboutit à la même conclusion que Claire dont seul Giacomo détenait la réponse, peut-être.

Assis dans le fauteuil de la chambre celui-ci réfléchit à la possibilité d'un avenir familial avec Claire. Depuis qu'il l'avait revue force était pour lui de constater que le sentiment d'amour envers elle rejaillissait de plus belle.

Bien sûr, ils ont eu cet intense moment d'intimité qui l'a encouragé à croire en une suite favorable. Il est essentiel pour lui de savoir ce qu'elle éprouve à son égard à l'heure actuelle ainsi que de connaitre son état d'esprit à l'idée de fonder une éventuelle famille. Il se promit d'en parler cœur à cœur avec elle.

Ensuite, il y a Manon dont il revendique la paternité en son for intérieur. Bien que la durée de la rencontre fût brève, cette enfant l'a conquis.

Il est conscient que l'expérience doit être renouvelée afin d'apprendre à la connaitre mieux. Mais, que pense-t-elle de lui ? À ce sujet Giacomo consulterait Claire, car il se doute bien que mère et fille échangent certains de leurs points de vue !

Dans sa chambrette Manon rêvassa jusqu'à l'heure du diner. La découverte de cet homme l'avait charmée, mais d'autres bons moments ensemble lui parurent nécessaires. Cependant, si d'aventure il n'était pas son père biologique, qu'en adviendrait-il ?

Selon chacun d'eux, le nœud de l'affaire et son dénouement se résumaient pour l'heure à une seule question : Giacomo était-il ou pas le père biologique de Manon ?

La réponse génèrerait d'amères désillusions pour les acteurs si elle devait être négative. Positive, elle leur ouvrirait le champ des possibles.

L'anthropologue se réjouissait par avance de cette ouverture.

13

Mardi 14 juillet 1998…

Comme prévu, Claire prépara et organisa le repas. Giacomo choisit le site. Il leur donna rendez-vous à l'étang de Vidrieux dont les rives ombragées se prêtent idéalement à un piquenique au bord de l'eau.

Manon se réjouit à la pensée de passer une agréable journée en plein air. Elle adorait déjeuner sur l'herbe, se baigner, profiter de la nature, aller à l'aventure.

La fête nationale s'annonçait plaisante : soleil et brise légère !

***

Mère et fille parvinrent les premières au plan d'eau. Giacomo les rejoignit.

Ils s'installèrent à l'ombre des aulnes qui croissaient en bordure. Le discret clapotement des vaguelettes se percevait à proximité avant qu'elles s'évanouissent dans un miroitement ultime.

Manon étala sa serviette de bain, entra dans l'eau jusqu'aux genoux. Elle mouilla sa nuque, aspergea jambes, bras, corps et visage. Bien que la température de l'eau fût fraîche pour la saison, elle s'élança sans hésitation, nagea en direction du milieu de l'étendue liquide.

Ses brasses puissantes produisirent des ondoiements concentriques qui s'agrandirent autour d'elle en s'éloignant les uns des autres.

Sous les frondaisons, Claire et Giacomo déplièrent une large nappe, posèrent les paniers de nourriture dessus, le pain, les boissons.

Sans détour, il s'adressa à Claire :

« Avez-vous parlé, Manon et toi ?

– Bien sûr…

– Que t'a-t-elle dit à mon sujet ? »

Tout en le narguant, elle résuma la discussion avec sa fille.

Elle reprit de manière fidèle les termes élogieux prononcés à son égard par l'enfant.

Cette dernière espérait de prochaines rencontres afin de parfaire son impression. Ces propos le rassurèrent, car l'hypothétique père ne se défiait en aucune façon de la sincérité de la mère, la connaissant.

Il poursuivit le questionnement :

« Toi, que comptes-tu faire ?

– Ce que je compte faire ?

– Qu'éprouves-tu pour moi ? Comment envisages-tu notre relation à l'avenir ?

– Depuis ton retour, j'existe à nouveau. »

Claire explicita son point de vue sans artifice ni réticence.

Ses sentiments envers Giacomo sourdaient du fond de son être, intenses comme aux premiers temps de leur lointaine rencontre. Ils ranimaient la flamme de sa passion, elle les ressentait plus forts que sa raison. Elle l'aime comme elle ne l'a jamais aimé. Elle l'aime de tout son cœur. Son désir le plus vif est de vivre à ses côtés le restant de son existence. Ainsi exprima-t-elle son amour renaissant envers lui.

Giacomo lui fut reconnaissant d'avoir parlé en toute sincérité. Il lui était fondamental de savoir si son amour pour elle était partagé. Il tenait à connaitre sa vision de leur avenir en commun. Les pinceaux du temps avaient épaissi leurs traits, modelé leur corps, mais avaient épargné leur cœur. Le sien battait pour elle... et pour lui, à l'occasion !

Il l'aime et il est résolu à vivre avec elle jusqu'à son dernier souffle.

Hier, le destin les déprit dans la tourmente, c'était afin de mieux s'éprendre aujourd'hui dans un nouveau tourbillon d'amour encore plus intense.

Il se rapprocha d'elle, la serra dans ses bras, l'embrassa avec une infinie tendresse. Il l'enlaça de cette manière jusqu'à ce que survienne la naïade, sortie de l'eau en les pointant du doigt.

Sur l'air railleur et saccadé qu'utilisent les enfants, elle scanda d'une voix joyeuse : « Oh, les amoureu-eux ! Oh, les amoureu-eux ! Oh, les amoureu-eux ! »

Confus d'être surpris, les deux amants se regardèrent, puis rirent aux éclats avec Manon !

Quiconque aurait alors découvert le trio présumerait être en présence d'une famille heureuse, tant l'atmosphère était gaie.

La juvénile et svelte sirène retourna à l'eau où elle reprit ses brasses puissantes jusqu'au milieu de l'étang.

Les amants échafaudèrent des projets d'avenir, allongés l'un contre l'autre. L'après-midi s'écoula tranquillement, mais trop vite au goût de chacun.

***

Ils revinrent à Montbrison où la fête patronale battait son plein. Une foule grouillante avait investi les places de la ville, s'activait autour des attractions foraines. Les manèges d'enfants valsaient en musique, les autos tamponneuses roulaient avec grand fracas, les animateurs de loteries criaient leurs boniments, les carabines crépitaient aux stands de tir. Les baraques à frites alléchaient les passants, les confiseurs parfumaient l'air ambiant, sans trêve.

À vingt-trois heures pétantes, heure de début du traditionnel feu d'artifice, les premières bombes explosèrent au-dessus d'une foule en liesse. Les rouges, les bleues, les blanches, les vertes, les dorées, les argentées illuminèrent les cieux montbrisonnais, suscitant l'admiration du public. Juste après le bouquet final coloré de détonations bleues, blanc et rouge, La féerie se termina par trois formidables déflagrations qui résonnèrent puissamment dans la nuit : boum... boum et... boum ! Et l'assistance se dispersa après le spectacle pyrotechnique.

Mère et fille partirent en premier. Claire la conduisit chez ses parents, car le lendemain matin, elle reprenait la route de son cabinet à l'hôpital Nord.

Pendant le trajet, Manon se remémora les meilleurs moments de cette magnifique journée. Bercée par le ronronnement lénifiant du moteur, elle s'assoupit.

Giacomo suivit leur véhicule à distance. Puis, il rejoignit Claire chez elle où ils s'étaient donné rendez-vous.

***

Assis sur le canapé autour d'un petit verre de verveine élaborée par la mère de Claire originaire du Velay, le couple débattit derechef de leurs projets, de leur avenir ensemble. Deux points essentiels préoccupaient la praticienne.

Elle questionna Giacomo à brûle-pourpoint :

« Au cas où Manon ne serait pas ta fille, qu'envisagerais-tu ? Ta réponse est capitale pour moi, car elle engage aussi l'avenir de Manon.

– Si aucune goutte de mon sang ne coule dans ses veines, je sais que pour moitié il est le tien. Le lien d'amour indéfectible qui m'attache à toi me relie à elle. Il se trouve que je ressens plus que de l'attachement pour Manon, une sorte de pulsion affective proche de l'instinct paternel serait plus juste. Je ne peux donc que l'aimer comme ma propre fille.

– Comprenant ton éthique, je suis ravie que tu acceptes cette éventualité.

– Aurais-tu eu un doute ?

– Aucun, Giacco chéri ! assura-t-elle en l'embrassant tendrement et caressant sa chevelure, ce qui suscita le ravissement de son interlocuteur.

– Tant mieux !

– Autre point important… Au début du mois d'août, tu pars pour Paris avant de retourner au Mexique jusqu'à la fin de 1999. Comment considères-tu notre liaison dans ces conditions ?

– Ma vision de la situation est confuse. »

Le Dr Cortone exposa son point de vue quant à la suite de leur relation.

Il restait un an et demi pour clore la mission et de nombreux jours de congé à prendre. Il suggéra d'établir ensemble un calendrier en fonction des disponibilités de Claire et surtout des vacances de Manon. Ils se retrouveraient à Paris, chez lui. Proposition discutable, mais qui convint à chacun.

Le regard malicieux, Claire intervint sans entrées en matière :

« Elle pourrait s'améliorer...

– S'améliorer, mais comment ?

– J'ai brigué la fonction de chef du département de cardiologie d'un grand hôpital parisien.

– Ah, bon ! proféra Giacomo surpris... Quand attends-tu la réponse ?

– Deuxième quinzaine de novembre.

– Je te souhaite de l'obtenir, car tu serais sur place... Une solution presque idéale !

– J'en serais très heureuse. »

En son for intérieur, elle espérait secrètement qu'il ne repartirait pas au Mexique. Elle savait aussi que la probabilité était presque nulle.

Un ange passa avant que Giacomo reprenne la parole :

« Concernant le test de paternité, es-tu d'accord ? As-tu interrogé Manon ?

– Elle est d'accord sur le principe... Il faut que je lui explique les tenants et les aboutissants de la formalité. Quant à moi, j'accepte bien sûr.

– Penses-tu avoir son consentement avant la fin du mois ?

– Euh, oui... Mais, pourquoi avant la fin du mois ?

– Parce que la démarche peut être longue et durer de trois à six mois... Elle oblige à s'adjoindre les services d'un avocat compétent afin d'obtenir l'autorisation du juge. Le magistrat engagera ensuite la procédure visant à établir le lien de filiation... De plus, tous trois, nous serons tenus de nous soumettre à des tests ADN effectués par un laboratoire habilité.
– Je me chargerai de l'avocat ainsi que du laboratoire. »

***

Pour la seconde fois Claire versa la délicieuse liqueur de verveine dans les verres.

Lorsqu'elle eut posé le carafon sur le plateau, Giacomo saisit ses mains avec délicatesse. Il les lui baisa l'une après l'autre.

Au contact des lèvres chaudes sur sa peau, elle ressentit des frissons courir sur ses bras. Ils se rapprochèrent l'un de l'autre, s'enlacèrent, puis s'embrassèrent avec fougue.

Il se redressa, la couvrit de baisers brulants au fur et à mesure qu'il lui retirait ses vêtements en douceur, puis les laissait glisser jusqu'au sol.

Elle le dévêtit de même, le prit dans ses bras, le serra fort contre sa poitrine en soupirant de désir. Ils s'allongèrent sur le canapé, enflammés par l'éveil de leur sensualité.

Leurs caresses amoureuses les transportèrent au paroxysme de la volupté, jusqu'à ce que l'extase de la jouissance commune les submerge de bonheur, laissant leurs corps alanguis recouvrer la paix intérieure.

14

Mercredi 15 juillet 1998...

Lorsque Giacomo ouvrit la porte d'entrée sourire aux lèvres, son regard croisa celui de sa mère. Maria ne put éviter un petit air mutin, car elle comprit que le visage de son fils reflétait ce fascinant sentiment partagé qu'est l'amour.

Il se précipita dans ses bras grands ouverts. La brave femme exprima sa pensée :

« Giacco, tu es amoureux ?

– De Claire, mamma ! La médecin qui...

– Oui, la petite Claire ! Elle t'aime ?

– Sans aucun doute... Nous avons des projets ensemble.

– Avec sa fille aussi ?

– Bien sûr... D'ailleurs, il se peut que je sois son père biologique, ajouta-t-il avec fierté !
– Possible ou certain ?
– Justement, c'est à vérifier. »

Giacomo résuma la situation et révéla leurs desseins à sa mère.

Tandis qu'elle filait à la cuisine informer Mario, le fils se réfugia dans sa chambre où il se laissa choir dans le fauteuil.

Il se remémora la procédure de filiation, réfléchit à l'étendue potentielle de la démarche. Il conclut son discours intérieur à voix basse : « Les prélèvements destinés aux tests ne s'effectueront pas avant la fin du mois. »

Sa conclusion le perturba quelques minutes, mais une solution jaillit au même moment dans son esprit, résolvant le problème, pour ainsi dire : « En décembre prochain, je reviendrai en France une semaine ou deux, murmura-t-il. »

Dans la cuisine les parents parlaient. Les langues se déliaient et allaient bon train. Maria dévoila à son mari la liaison de leur fils renouée avec la petite Paupelier. Cette information ravit Mario, car il avait apprécié cette jeune femme à l'époque. L'avoir revue à l'hôpital l'avait conquis.

Ils discutèrent comme si Claire et Giacomo étaient encore des post-adolescents. La tendance étant souvent de percevoir encore des enfants dans leurs progénitures adultes.

***

Vers onze heures, le Dr Cortone reçut un appel téléphonique du Pr Ferrell, son directeur de recherches au CNRS.

Après de banales paroles de courtoisie, celui-ci évoqua leur entrevue prochaine à Paris, avant le retour de son subordonné au Mexique. Ils prirent rendez-vous pour le 3 août à quatorze heures trente au bureau du directeur.

Giacomo posa l'appareil d'un geste lent. Une moue sceptique déforma son visage, car il n'avait obtenu nul indice, aucune information quant au motif de la réunion.

Mécontent, il maugréa : « Hormis l'état d'avancement des travaux de quoi souhaite-t-il m'entretenir ? » L'ambigüité de la rencontre l'agaça, l'exaspéra au plus haut point.

Il consulta son agenda, vérifia les dates. Sa décision fut prise sur-le-champ : dimanche 2 août il partirait en train pour Paris. Ainsi il serait chez lui sur place le lendemain.

***

Maria appela le père et le fils, les invitant à rejoindre la salle à manger où des *antipasti* étaient disposés sur la table familiale pour déjeuner.

Mario s'adressa à Giacomo :

« Mamma m'a dit pour toi et Claire ?

— Nous nous aimons, papà… L'histoire recommence, la vie continue.

— Vous êtes des adultes maintenant, je suppose que vous savez ce que vous faites.

— Nous repartons presque de zéro !

— Comment ça ?

— Mamma t'a probablement révélé qu'il se pourrait que sa fille Manon soit aussi la mienne !

— Oui, elle me l'a dit. Je serais très heureux s'il en était ainsi, surtout pour toi Giacco… Mais, si ce n'est pas le cas ?

— Je suis résolu à l'accepter comme telle. »

Il raconta la tragique épreuve que vécut Claire après son départ en Angleterre et ses fâcheuses conséquences qui s'ensuivirent pour chacun.

Pendant le repas, il leur présenta sa façon d'envisager l'avenir. Conquis, les deux parents admirent l'idée de devenir grands-parents à nouveau.

***

Troublé par le tête-à-tête à venir et le manque d'information, Giacomo téléphona à son collègue de mission, le Dr Ramirez Castro vers dix-sept heures. Il était environ neuf heures à Teotihuacán quand Alejandro décrocha :

« *Holà que tal*, Giacomo ?

– *Muy bien, y tú* ? »

Giacomo annonça l'entrevue planifiée avec le Pr Ferrell à Paris.

Il avoua surtout ne pas comprendre pourquoi celui-ci insistait encore une fois afin de le rencontrer expressément avant son retour au Mexique. Il concéda aussi qu'il ne parvenait pas davantage à établir un lien quelconque, si toutefois il existait, avec le fait de l'avoir astreint à cinq semaines consécutives de vacances.

Il ignorerait donc le motif de l'entretien, sauf si Alejandro possédait des indices à ce sujet.

Giacomo demanda :

« As-tu d'autres informations relatives à la discussion que nous avions eu le 28 juin dernier concernant une éventuelle *épreuve finale* dans le futur ?

– Oui, oui, je me souviens… Non, aucune information concrète, mais le Professeur Ortiz veut nous rencontrer dès ton retour… Sans que je sache pourquoi, rien n'a filtré.

– Nous verrons donc en temps voulu... Termine agréablement tes vacances et à bientôt, Alejandro ! »

Dubitatif, le Dr Cortone demeura assis dans le fauteuil près du téléphone et soliloqua : « Alan tient à me voir sans faute avant que je rencontre le Professeur Ortiz qui lui veut s'entretenir avec Alejandro et moi, à mon retour... Il y a une ou plusieurs choses que l'on nous cache, c'est sûr ! Connaissant Ferrell et Ortiz, leur discours commun est déjà préparé. Ils attendent le moment opportun afin de nous le débiter. Rien ne transpire, aucun renseignement, nul indice... Ce doit être important. »

***

Le savant sortit et se promena le long du Vizézy. À proximité de la rivière la température plus fraîche ainsi que le bruit harmonieux de l'eau courant entre les plantes aquatiques calmèrent son esprit agité. Giacomo s'obligea à canaliser ses pensées, à les orienter en direction d'autres horizons.

Lorsqu'il rentra détendu, le visage rasséréné, Maria s'empressa de lui annoncer l'appel de Claire. « Elle a dit qu'elle rappellerait d'ici peu de temps ! ajouta-t-elle en jetant un coup d'œil vers l'horloge. »

Tout juste termina-t-elle sa phrase que la sonnerie du combiné retentit.

Giacomo se précipita dans le salon, décrocha l'appareil et se laissa tomber dans le fauteuil, comme à l'accoutumée :

« Chérie, j'étais impatient de t'entendre !

– Mon amour, j'ai appelé un ami avocat. Il accepte de prendre en charge la procédure de filiation pour Manon.

– Est-il qualifié en la matière ?

– Bien sûr, il s'agit de son domaine de compétences ! »

Point par point, elle exposa le plan d'activité détaillé que l'avocat projetait de mettre en place jusqu'au terme de la procédure.

La façon de pratiquer et la planification proposée convinrent à Giacomo, autant qu'elles le rassurèrent. Ils se retrouveraient demain à son cabinet vers dix-huit heures.

Claire annonça qu'elle avait contacté de même un laboratoire médical habilité dans le cadre de ce type de procédure judiciaire.

Les analyses afférentes ainsi que les résultats exigeraient une à deux semaines de délai. À l'évidence, la présence des personnes concernées était indispensable. Giacomo promit qu'il serait présent.

Il raconta sa terne journée sans elle. Puis, il s'anima de nouveau en rapportant l'appel d'Alan Ferrell, le tête-à-tête programmé à Paris, le désagrément que lui causait cette affaire.

Les intonations pondérées de sa voix douce permirent à Claire d'apaiser son interlocuteur. Elle lui suggéra de considérer la situation sous un angle différent et d'envisager une issue positive. Il est possible que la sollicitation de son directeur de mission soit en réalité porteuse d'une information opportune, voire stimulante.

Avant de raccrocher, Giacomo lança :

« Qu'avez-vous prévu ce soir ?

– Rien… Pourquoi ?

– N'est-ce pas l'anniversaire de Manon ?

– Si, bien sûr ! Tu as retenu la date, adorable Giacco.

– Je propose de vous rejoindre vers dix-neuf heures afin de lui préparer une bonne surprise. Nous pourrions diner quelque part, puis déguster le dessert chez toi, tous les trois. Je m'occupe de tout, si tu es d'accord !

– Manon sera ravie, j'en suis certaine ! »

Satisfait, Giacomo gagna la salle à manger où sa mère dressait le couvert.

En apercevant le visage radieux de son fils Maria se souvint une nouvelle fois les temps lointains des premiers émois de celui-ci. Sourire en coin, elle continua sa tâche ménagère sans se préoccuper de sa présence.

Muet, il frôla la brave femme et fit le tour de la table sans s'arrêter.

Il retourna au salon dont il ferma la porte. Elle l'entendit téléphoner plusieurs fois, mais ne comprit pas la moindre parole. Entre autres appels, le Dr Cortone conversa longtemps avec ses amis de jeunesse. Ils promirent de se réunir lors d'une soirée avant son départ.

***

À l'heure convenue, il s'annonça à l'interphone de l'entrée. Claire répondit en ouvrant la porte. Giacomo pénétra dans le hall où elle vint l'accueillir à sa demande. Surchargé de fleurs et de paquets enrubannés, il réclama son assistance :

« Celui-ci est pour toi, chérie ! déclara-t-il en lui tendant le splendide bouquet de roses.

– Black Baccara… Vingt-quatre, toute une symbolique, Giacco ! Merci, mon amour.

– Celui-là est pour Manon !

– Un magnifique bouquet arpège de fleurs blanches et roses... Elle va beaucoup apprécier !

– Cette boite ? Le gâteau d'anniversaire à mettre au frais !

– Je le mets au réfrigérateur avec la bouteille de champagne !

– Le cadeau pour Manon... Cache-le, qu'elle ne l'aperçoive pas. À propos, où se cache-t-elle ? demanda Giacomo.

– Au téléphone dans sa chambre avec copains et copines ! Mais, quel est son cadeau ?

– Surprise !

– Dis-le-moi, insista Claire.

– Un collier personnalisé avec son prénom... J'ose espérer qu'il lui plaira.

– Je n'en doute pas, tu as toujours été un homme de goût. »

Quand elle eut terminé, Manon vint au salon le visage rayonnant de joie.

Elle embrassa Giacomo qui lui tendit le beau bouquet blanc et rose en lui souhaitant un joyeux anniversaire. La jeune fille porta les fleurs à son nez avec délicatesse, respira leur parfum.

Son gracieux minois exprima un indéniable plaisir, ses joues s'empourprèrent. C'était la première fois qu'un bouquet lui était offert, qui plus est par un homme. Transportée de joie elle le remercia et, à nouveau, l'embrassa avec affection.

Manon demanda un vase à sa mère. Elle y plaça le bouquet, disposa les fleurs de manière adéquate afin qu'elles se présentent sous un angle favorable. Heureuse, elle se hâta de l'emporter dans sa chambre.

La scène enchanta Claire et Giacomo. Elle déclara à voix basse : « Elle a beaucoup aimé ton geste ! »

Dès le retour de Manon au salon, Giacomo annonça le déroulement des réjouissances de la soirée en l'honneur de l'adolescente :

« Diner au restaurant, puis chez ta mère le dessert, champagne et remise du cadeau… Si tu as été sage toute la soirée !

– Je vous assure d'être sage toute la soirée ! »

15

Jeudi 16 juillet 1998…

*D*eux semaines et cinq jours. C'est le temps dont disposait Giacomo avant de regagner Paris, puis s'envoler pour le Mexique.

Les jours s'étaient écoulés très vite. Selon les circonstances, cinq semaines de vacances forcées peuvent s'avérer une durée trop longue ou trop courte.

En définitive, il s'étonna d'estimer que cette période lui apparaissait éphémère.

À aucun moment il n'aurait imaginé un tel contexte ni anticipé les activités auxquelles il consacrerait ses journées durant cette période en France.

Après la disparition de son épouse et de son fils, nombre d'amis lui avaient prédit à maintes reprises : « *Tu es jeune, tu retrouveras l'amour, sois en sûr.* »

Le quadragénaire endurci par les aléas de la vie n'avait pas envisagé de relation amoureuse sérieuse jusqu'à ce qu'il recroisât Claire.

Désormais, tous deux se préoccupaient d'une future vie commune à la suite d'une rupture qui n'en avait jamais été une pour lui. Claire avait pris son parti ce qui, sans nul doute, avait représenté un acte douloureux.

Elle lui avait rendu la liberté sans qu'il ne sût jamais rien du véritable fondement de l'affaire. Abandonner celui qu'elle adorât, en le sachant perdu pour elle à tout jamais, ou choyer l'enfant à naitre, en conjecturant qu'il était de celui qu'elle délaissait, constitua un cruel dilemme.

Un choix cornélien dont elle devrait assumer seule les conséquences pendant toute son existence. Courageuse, elle se détermina à garder et élever sa fille.

Absorbé par ses réflexions Giacomo eut une pensée pour Manon dont il espérait être le père.

La résolution passée de Claire lui rappela soudain qu'elle, Manon et lui étaient attendus à dix-huit heures chez un avocat spécialisé.

D'un geste machinal il regarda sa montre et balbutia : « Dans une heure il faut que nous soyons là-bas... C'est un ami de Claire, je dois être à la hauteur. »

***

L'avocat décrivit le déroulement complet de l'action en justice à engager dans le cadre de la preuve d'un lien de filiation.

L'anthropologue expliqua ses obligations quant à la mission au Mexique. Il fit remarquer la longueur de la durée consacrée à la procédure judiciaire. Pourrait-elle être réduite ?

L'avocat comprit l'impatience de Giacomo. Il explicita l'impossibilité de solliciter un test génétique en urgence devant le juge des référés.

Il s'empressa d'ajouter que, demain à la première heure, il saisirait le juge du tribunal de Grande Instance afin d'engager la procédure établissant le lien de paternité.

Manon demanda quel serait le test le plus approprié. L'avocat répondit : « Deux méthodes sont en vigueur : l'examen comparé des sangs et l'identification par les empreintes génétiques, le réputé test ADN. » Selon lui, la seconde offrait les meilleures garanties d'exactitude.

Pour des raisons évidentes de légalité et de fiabilité, les prélèvements seraient effectués uniquement dans un laboratoire français agréé par le ministère de la Justice et pratiqués par des techniciens certifiés à cet effet.

En conclusion, les tests de paternité seraient réalisés après que le juge l'ordonnerait. Giacomo assura qu'il prendrait ses dispositions afin d'être présent à ce moment-là.

Claire déclara avoir contacté un laboratoire d'analyses biologiques sur le territoire national accrédité pour cette catégorie de procédure judiciaire. Son ami entérina la démarche.

Les examens afférents ainsi que la diffusion des résultats exigeraient une à deux semaines de délai. De surcroit, la présence de Claire, Manon et lui-même serait indispensable.

L'avocat sollicita le consentement de la mère pour Manon, étant donné que l'action en justice lui appartenait de plein droit du fait de la minorité de sa fille.

***

Tous trois allèrent diner au « Tiznit », un restaurant situé sur la place Boivin à Saint-Etienne où ils dégustèrent un excellent couscous.

Ensuite, ils rentrèrent chez Claire boire un dernier verre. Aussitôt dans l'appartement, Manon interrogea Giacomo :

« Je me demandais... Comment feras-tu pour être là au bon moment ?

– J'avais déjà réfléchi à la question... En décembre prochain, je reviendrai une semaine ou deux à Montbrison pour cela.

– Crois-tu que tu pourras ? interrogea Claire le visage égayé d'un large sourire.

– Je m'arrangerai, assura-t-il, un éclair malicieux en reflet dans ses yeux »

La réponse satisfit l'adolescente. Fatiguée, elle embrassa sa mère et Giacomo avant d'aller se coucher.

Les amoureux restèrent dans le salon. Ils savourèrent un, puis deux verres de la délicieuse verveine ponote.

Le doux breuvage échauffa leurs esprits, éveilla leurs envies. Tant et si bien qu'ils gagnèrent la chambre de Claire.

Le désir ardent d'amour enfiévra leurs lèvres, enflamma leurs sens, fusionna leurs corps. Les soupirs de bien-être de l'une stimulèrent ceux exaltés de l'autre. Les vagues de satisfaction qu'ils ressentaient les élevèrent progressivement au comble de la jouissance. L'ultime déferlement les submergea d'un profond plaisir simultané pleinement gouté ensemble.

Suffoqués de plaisir et d'émotion, ils restèrent allongés en reprenant haleine. Enroulés dans les draps, ils éprouvaient la joie intense du bonheur d'aimer et d'être aimé.

Giacomo contempla le visage de Claire à la faveur de la lumière tamisée de la chambre. Les yeux mi-clos, elle ressentait avec enthousiasme la délicate persistance de la vigueur de son amant.

Le visage relâché, elle ouvrit les paupières sans hâte, puis observa Giacomo avec une grâce languissante :

« Quoi ? questionna-t-elle dans un grand éclat de rire aussitôt atténué par un doux baiser.

– Rien…

– Pourquoi me regardes-tu ainsi, alors ?

– Ton visage est détendu, solaire… Tu es encore plus belle après l'amour, ma chérie.

– Tu es un homme adorable et charmant Giacco Cortone, dit-elle en l'attirant à elle et lui passant les bras autour du cou. »

Ils s'embrassèrent de nouveau avec une ferveur amoureuse qui s'atténua peu à peu. Puis ils s'endormirent. Claire sombra rapidement dans les bras de Morphée.

Le lendemain matin, il rentra très tôt au foyer familial.

16

Vendredi 17 juillet 1998...

Ce jour-là, un magnifique ciel d'été ensoleillé incita Giacomo à partir en excursion. Il avait décidé de se rendre au barrage de Grangent situé à vingt kilomètres environ de Montbrison.

L'ouvrage attisait sa curiosité du fait qu'il avait été construit et mis en service une année après sa naissance. Or, aussi singulier que cela puisse paraître, il n'avait jamais eu l'occasion de visiter ce site de la commune de Chambles.

À Saint-Just – Saint-Rambert, il parqua son véhicule dans un parc de stationnement. Il s'équipa de ses chaussures de marche et de son sac à dos. La balade débuta sous les platanes de la berge droite de la Loire, en amont du pont qui enjambe de ses trois arches le fleuve en reliant Saint-Just à Saint-Rambert.

De nombreuses fleurettes épanouissaient leurs corolles odorantes, émaillaient de couleurs vives, bordures, pelouses et taillis verdoyants.

Les hirondelles tournoyaient à tire d'ailes en de folles poursuites dans l'azur du ciel, mêlaient en un vibrant cri de joie leurs trissements stridents.

Le soleil radieux, la température élevée, l'envie de bouger avaient encouragé le scientifique à sortir. Une boucle d'un dénivelé modeste et de quelque douze kilomètres l'attendait.

***

Lisse comme un miroir, la surface du cours de la Loire était tout juste ridée par les sillages des colverts en compagnie desquels nageait un vilain canard tout blanc. Volatile échappé d'une bassecour sans doute !

La sente balisée de plaquettes bicolores longeait la verrerie de Saint-Just. Aux abords, un camaïeu de vert parait les arbres : tendre pour les jeunes feuilles des platanes, bleuté pour les pousses des cèdres, émeraude pour les aiguilles des séquoias centenaires.

Autour des touffes de joncs, l'herbe rase recouvrait le sol d'un tapis moelleux. Les oiseaux gazouillaient leur joie dans les aubépines fleuries, vibrionnaient en quête de nourriture qu'attendaient leurs nichées becs ouverts.

En retrait, au-dessus des arbustes, se devinaient les toits du Vieux-Saint-Just. Sur la rive opposée les quartiers des Barques et du Port Haut évoquaient par leur dénomination le glorieux passé de la batellerie locale. Giacomo rattrapa et croisa maints promeneurs.

Au hameau de Asnières, le bruit confus et continu du fleuve sauvage s'accrut au fur et à mesure que le marcheur se rapprochait du bord. À travers les branchages des aulnes et des frênes, surplombant le bord, s'apercevait l'eau vive et scintillante qui s'écoulait parmi roches et galets.

De part et d'autre du courant, la ripisylve peuplait ses zones végétales d'odoriférantes strates. L'anthropologue savourait avec avidité ces plaisirs simples par tous ses sens stimulés. Il pensa à Claire dont il déplora l'absence.

De rudimentaires rondins de bois facilitèrent la montée d'un raidillon qui accédait à la vieille voie ferrée désaffectée et désassemblée. Elle reliait autrefois Saint-Just-sur-Loire à Fraisses-Unieux. Là-haut, une halte s'imposa qui lui permit de souffler et de se désaltérer.

Le sentier continuait en direction du barrage hydraulique bâti en travers de la Loire au débouché des gorges éponymes. Un lieu bordé de collines rocailleuses abruptes couvertes d'arbres et de genêts. « Au printemps, leurs pétales jaunes doivent embaumer l'atmosphère d'un subtil parfum de miel, marmonna Giacomo. »

Le cours d'eau se prélassait parmi les roches plates de grès clair. Au-dessus des merisiers, dont les fruits purpurins garnissaient les branches, milans noirs et buses planaient en décrivant de larges boucles.

Creusé à même le rocher, le tracé de la voie ferrée se dirigeait tout droit contre une paroi de granite percée d'un tunnel. Giacomo imaginait les locomotives qui passèrent ici, empanachées d'épaisses volutes de fumée et s'époumonant de retentissants sifflements avant de s'engouffrer à toute vapeur dans le trou noir.

Aussitôt à l'intérieur la fraicheur humide s'agrippa à sa peau, les poils de ses bras se hérissèrent. Il avançait dans l'obscurité complète en trébuchant parfois sur d'anciens cailloux du ballast.

Le zélé randonneur marcha ainsi vers la lumière jusqu'à la sortie du tunnel. Quelques mètres encore et le barrage lui apparut. Le gigantesque ouvrage murait la gorge encaissée au point le plus étroit.

Au sommet d'un éperon rocailleux, qui dominait la barrière de mortier, se dressaient les murailles crènelées du château d'Essalois. Sur la rive gauche, le bâtiment de la centrale hydroélectrique lui parut bien chétif au pied du géant de ciment. Les quatre vannes de crête étaient fermées, mais en bas du mur une vanne de vidange projetait vers l'aval une gerbe d'eau irisée.

De la plateforme où il se trouvait, la beauté du panorama grandiose émut le promeneur. Il songea de nouveau à Claire.

Les marches d'un escalier gravissaient la pente jusqu'à la route qui franchissait le barrage. L'enthousiaste randonneur la suivit jusqu'au belvédère qui dominait le lac de retenue.

Giacomo découvrit l'ile de Grangent, cime d'un promontoire rocheux englouti, couronnée d'un château du même nom jouxté d'une chapelle. À travers les frondaisons se devinaient en contrebas les toits de tuiles rouges du hameau des Camaldules.

L'ile isolée dans les eaux noires du lac, la forteresse flanquée de sa chapelle autour desquelles virevoltaient des corneilles, l'écrin formé par les à-pics verdoyants aux environs évoquaient les paysages d'un *loch* écossais.

Le chemin rejoignait et traversait le hameau de la Côte. Giacomo atteignit le point culminant du parcours. D'ici, il contempla l'exceptionnelle perspective sur la vaste plaine du Forez. La piste d'arène granitique serpentait entre des herbages où pâturaient vaches, chevaux et moutons.

Des merles enchanteurs s'envolèrent des fourrés environnants en sifflant leurs cris d'alerte. Le chant sonore d'un coucou résonna dans la pinède voisine. Se gorgeait-il de chenilles processionnaires, ses proies préférées ou bien tentait-il de séduire une femelle ? « Quoi qu'il en soit je n'ai aucune pièce de monnaie sur moi, la fortune ne sera pas au rendez-vous cette année ! bougonna Giacomo. »

Il passa le pont au-dessus de la voie désaffectée, regagna le hameau d'Asnières, puis revint au point de départ.

***

Le soir même il appela Claire à son cabinet, lui raconta sa promenade en insistant cent fois sur le fait que son absence lui avait été pesante. La cardiologue rétorqua cent fois avec complaisance que tous deux devaient faire preuve de patience et attendre les fins de semaine afin de se retrouver.

En période de congé de certains membres du personnel de son service, il lui était compliqué de se libérer les autres jours. Bien que difficile à accepter, Giacomo admit la situation.

La médecin poursuivit sur le même ton bienveillant :

« À propos de fin de semaine, es-tu libre ce dimanche à midi ?

– Oui…

– Mes parents souhaiteraient t'inviter à déjeuner. Serais-tu d'accord ?

– Avec plaisir ! acquiesça-t-il.

– Je suis satisfaite que tu acceptes !

– Ai-je vraiment le choix, ma chérie ? s'esclaffa-t-il, taquin !

– Oui, mais… Non ! Je dois te laisser, répondit-elle irritée… Je t'aime… Je t'embrasse tendrement.

– Tu me manques déjà… Je pose mes lèvres au creux de ton cou… »

Claire avait déjà raccroché le combiné. Giacomo perçut cette attitude soudaine comme une frustration : « Pourquoi cet empressement à vouloir cesser la communication, chercha-t-il à savoir ? »

***

Tel que convenu, Bernard, Joseph, Gérard rejoignirent leur ami fidèle devant l'immeuble où résidaient les parents de Giacomo. Ils s'étaient retrouvés avec joie au début de son séjour et s'étaient promis de diner ensemble derechef avant qu'il ne reparte.

Il leur proposa d'aller diner à « La Césarde », une ferme-auberge de la plaine du Forez. Ils avaient découvert ce lieu dans le passé, peu de temps après son ouverture. Accord unanime !

Le cadre extérieur et l'ambiance intérieure étaient identiques. Le même décor paysan ornait les murs, le même mobilier rustique en bois embellissait la pièce.

La cheminée monumentale d'autrefois trônait au fond de la vaste salle à manger. « Que d'agréables souvenirs naquirent en ce lieu… Combien de discussions tenues, de plaisanteries comprises ou incomprises, d'épigrammes lancés contre l'un ou l'autre, d'explosions de rires bruyants jaillirent à proximité de cet imposant foyer en pierre, se souvint Giacomo en y pénétrant le dernier. »

Au cours du traditionnel apéritif pris à table, il raconta à ses amis par quelle situation fortuite Claire et lui s'étaient retrouvés depuis peu. Il révéla leur intention de vivre ensemble, elle, lui et Manon. Tous furent ravis de cette nouvelle et leurs projets. D'autant plus qu'ils avaient bien connu et estimé la jeune femme pendant la période où ils avaient vécu des jours heureux, avant de partir à Londres.

Intrigué, Bernard demanda :

« Qui est Manon ?

– La fille de Claire, répondit Giacomo. »

De même, il les informa de l'éventualité que Manon puisse être sa fille ainsi que de leur décision prise en faveur d'une recherche de lien de paternité légitime.

Ils terminèrent tard la soirée ou tôt le matin avant de se séparer, chacun promettant de se réunir avant le mariage !

17

Samedi 18 et dimanche 19 juillet 1998…

*D*ès qu'il fut réveillé, Giacomo se leva et téléphona à Claire, car il savait qu'elle n'était pas à son cabinet le samedi à cette heure matinale.

Il prit la parole dès qu'elle décrocha :
« As-tu bien dormi, ma chérie ?
– Oui, mon amour ! La veillée avec tes amis a-t-elle été agréable ?
– Une belle soirée entre amis, comme je les apprécie ! Je te raconte… »

Il résuma les secondes joyeuses et animées retrouvailles avec ses amis.

Satisfait, il lui dit avoir évoqué avec eux leur projet d'union, la possibilité que Manon puisse être sa fille, également le fait d'avoir engagé la recherche de paternité.

Ravie de tout cela, Claire poursuivit de plus belle :

« Comment ont-ils réagi ?

— Ils ont été enchantés par ce scoop… D'autant plus qu'ils te connaissaient tous et tous t'appréciaient infiniment lorsque nous avions vécu ensemble.

— Je suis comblée de l'apprendre, mon chéri ! »

Il profita d'une courte interruption pour poser une question :

« Pourquoi as-tu raccroché hâtivement hier au soir ?

— J'avais un appel en attente…

— Un appel anonyme ?

— Oui, mais…

— Cela n'a que trop duré, l'interrompit-il… Ne reste pas sans agir, tu te mines le cerveau, ma chérie.

— Je sais, mais que faire ?

— Préviens la direction du C.H.U., dépose une plainte à la gendarmerie pour harcèlement, prends conseil auprès d'un avocat…

— Ne te soucie plus, je vais m'en occuper, c'est promis.

– Souhaites-tu que je m'adresse à un ami d'enfance, commissaire de police ?

– Cela devient insupportable, mais… Je le veux bien.

– Je m'en occupe dès lundi. »

Giacomo allait poser le combiné lorsqu'il se ravisa :

« À propos d'avocat, as-tu des nouvelles à notre sujet ?

– Comme convenu, hier il a adressé le courrier au juge du tribunal de Grande Instance afin que la procédure soit engagée au plus vite. Selon mon ami sa réaction fut immédiate, car le magistrat lui a téléphoné. Au vu de ton départ prochain et la date de la fin de mission, il essayera d'ordonner le test de paternité dans les plus brefs délais, si possible avant la fin du mois.

– Au moins ce sera fait !

– Je t'appelle ce soir… Je t'aime, Giacco.

– Je t'embrasse, ma chérie. »

***

Lorsqu'elle raccrocha l'appareil, Claire se cala au fond du fauteuil. Elle pensa d'abord à Giacomo, puis dévia sur elle. Chaque fois qu'elle entendait sa voix, qu'il caressait son visage, lui passait sa main dans les cheveux, son cœur s'emballait, son corps vibrait. Elle le désirait.

Comment saurait-elle continuer à vivre sans lui ? Son amour de jeunesse, son amour de toujours, comment avait-elle pu l'abandonner ? Avait-elle été à la hauteur des circonstances passées ? Avait-elle été assez forte et déterminée en temps voulu ? Lorsque les situations l'avaient exigé, avait-elle su prendre les bonnes décisions ou agir en conséquence ? Après la naissance de Manon, pourquoi ne s'était-elle pas hasardée à reprendre contact avec lui ?

Autrefois, elle seule prit la résolution de délaisser Giacomo après la fâcheuse situation. Elle s'était dépréciée, méprisée par son attitude face à l'adversité. Probablement par manque de confiance, elle supposa toute issue fermée. Son désespoir aveugle embruma son esprit au point d'y répandre la confusion. L'aveuglement la priva du bien-fondé ainsi que du succès des choix et des actes qu'elle avait dû entreprendre.

Aujourd'hui, elle ressentait son amour pour lui plus intense et sa confiance totale. Elle avait acquis la certitude d'être en état d'affronter toutes les conjonctures.

Aurait-elle perdu Giacomo si elle lui avait parlé à cœur ouvert ? Le flot du temps s'était écoulé sur cette question comme sur tant d'autres, les noyant dans l'océan de l'oubli. À l'instar du ressac qui ramène les vagues sur elles-mêmes, le temps lui rapportait le bonheur et l'espérance. L'occasion lui était offerte, à elle de la saisir, de lutter jusqu'au bout de ses espérances, de croire en l'avenir, d'envisager le bonheur devenu possible.

***

Au cours de la matinée, le Dr Cortone entreprit l'organisation de son retour prochain au Mexique.

Il se rendit à la gare ferroviaire de Saint-Etienne Châteaucreux et consulta les prospectus des horaires à destination de Paris Gare de Lyon.

Un horaire favorable permettait d'arriver chez lui en début de soirée. Il réserva donc un billet pour le dimanche 2 août. Tenu de ramener son véhicule de location au point de départ, il prendrait le train à la gare TGV de l'aéroport Lyon Satolas.

L'après-midi, Giacomo téléphona à Rose, la concierge de la résidence où il vivait à Paris :

« Bonjour Madame Rose, c'est Giacomo Cortone... Comment allez-vous ?

— Bien, merci ! Et vous, Docteur Cortone ?

— Bien également… J'arriverai chez moi le 2 août prochain vers vingt et une heure. Auriez-vous la gentillesse de bien vouloir préparer mon appartement et la grande chambre jusqu'au mardi 4 août, s'il vous plait ?

— Seulement jusqu'à mardi, vous ne restez pas longtemps cette fois, Docteur Cortone… Vous serez seul ?

— Seul… Je repartirai très tôt mardi matin.

— Entendu, tout sera en ordre pour vous accueillir, Docteur Cortone. À votre arrivée, récupérez vos clés à la loge, comme d'habitude.

— Merci infiniment, Madame Rose. »

***

Ensuite, le Dr Cortone appela la secrétaire de son service au CNRS :

« Allô… Bonjour, Aline !

— Bonjour, Docteur Cortone !

— J'ai rendez-vous avec Alan le lundi 3 août en début d'après-midi dans son bureau. Sauriez-vous pourquoi ?

— En effet, il est noté à quatorze heures trente sur l'agenda du service sans motif particulier, précisa la secrétaire.

– Bien... En fait, je souhaiterais que vous me réserviez un billet sur un vol Air France direct pour Mexico. Départ mardi 4 août à douze heures dix, si j'ai bonne mémoire.

– Un instant, je vérifie à l'écran et... Je confirme, vous avez bonne mémoire ! s'exprima Aline en riant. Je réserve votre billet et le déposerai au bureau du Professeur Ferrell.

– Merci infiniment... Par ailleurs, auriez-vous l'amabilité de téléphoner à Juan Carlos, notre chauffeur attitré, afin qu'il vienne me chercher à l'aéroport... Peut-être aurais-je le plaisir de vous voir le 3 août ?

– Hélas, non... Je serai en vacances !

– Dans ce cas, bonnes vacances, Aline ! »

D'autres mots encore et l'appel quelque peu protocolaire prit fin.

***

Claire appela Giacomo en fin de journée :

« L'avocat a téléphoné... Le juge signera l'ordonnance des tests ADN lundi prochain.

– Idéal, ma chérie ! Ainsi ils seront réalisés avant mon départ.

– Nous avons rendez-vous mardi après-midi 21 juillet à quatorze heures au laboratoire d'analyses de Lyon. Résultats attendus le 24 juillet !

– Cela me convient…

– En revanche, il n'y aurait aucun impact sur le délai global de la procédure, il nous faudra patienter… Je raccroche, j'ai une réunion pour une urgence. Je t'embrasse, mon amour et à demain. »

« Je t'aime aussi… ma chérie, balbutia son amour en posant l'appareil sur le socle. »

Giacomo songea à la soirée de garde que Claire devait assurer en cette période estivale. Il conclut en marmonnant : « Son travail l'accapare à plein temps voire davantage… Elle le pratique avec professionnalisme. »

***

Ce dimanche-là, Manon s'éveilla, se leva la première et, exception à la règle, elle fit son lit.

Elle prépara le petit-déjeuner, puis se hâta de gagner la salle de bains. Pendant que l'eau coulait dans la baignoire, elle choisit une robe assortie à ses socquettes, harmonisées elles-mêmes à ses ballerines blanches.

Après le bain, elle sécha ses cheveux, les peigna avec soin et revêtit les habits rangés méticuleusement sur son lit. Ce petit bout de femme, qui avait le goût inné de la toilette, tenait à s'apprêter avant sa mère.

Elle n'omit pas de mettre en évidence à son cou le magnifique collier en or récemment offert par Giacomo. Devant le miroir de l'armoire, elle se scruta de la tête aux pieds. Manon se plut ainsi habillée et chaussée !

Satisfaite, elle courut à la cuisine où sa mère achevait de déjeuner.

Claire remarqua aussitôt la présentation soignée de sa fille :

« Tu es belle et bien mise… Cette tenue te va à merveille.

– Je voulais avoir une bonne apparence pour déjeuner avec Giacomo chez papi et mamie.

– Excuse-moi, il me semblait être invitée, non ? répartit la mère sur le ton de l'ironie.

– Mais, oui ! C'est *ton chéri*, pas le mien ! s'exclama-t-elle.

– Ah bon, j'ai cru un instant que… »

Toutes deux s'esclaffèrent et furent prises de fou rire.

Manon poursuivit. La jeune fille expliqua qu'en découvrant son chéri lors des sorties ensemble, elle avait appris à le comprendre. Elle reconnut apprécier ses façons, ses manières d'être, de penser, de parler. Elle l'aime comme un père, pas comme un chéri, argua-t-elle sur le ton le plus sérieux qui soit. Sa conclusion enchanta sa mère.

S'il n'est pas son père biologique, comment réagira-t-elle, interrogea celle-ci ? La question avait déjà été posée à Manon. Elle-même se l'était posée. Cette réitération de la demande décontenança l'adolescente un instant.

Après une courte réflexion, elle reprit avec toute l'assurance de son jeune âge. En vérité, elle l'ignorait… Toutefois, la fillette ajouta que cette possibilité était inenvisageable pour elle. De son point de vue l'option que représentaient les trois énergumènes, qui avaient violenté sa mère, ne méritait aucune considération.

Claire sourit à la suite de cette réponse qui reflétait la ténacité juvénile de sa fille. Cette dernière se réfugia dans sa chambre pendant que sa mère prenait un bain.

***

Claire réfléchit enfoncée dans l'eau jusqu'au cou. La remarque opportune de Manon lui revint à l'esprit : « *l'option que représentaient les trois énergumènes [...] ne méritait aucune considération.* » Inconsciemment, aurait-elle vu juste ?

À la suite de l'acte abject du 26 octobre 1984, l'étudiante en médecine s'aperçut précocement de son état de grossesse. Elle avait alors tenté de savoir qui était susceptible d'être le géniteur.

Sur le moment, elle estima sa durée de fécondité par rapport à son cycle périodique relativement court. L'appréciation ne coïncidait que de manière approximative avec la date de l'odieuse vilénie. Ce constat ne l'avait pas rassurée pour autant, car elle n'avait tenu compte ni des imprévus naturels ni des incontournables incertitudes.

Son dos et ses pieds appuyés avec vigueur sur chaque extrémité de la baignoire, Claire s'efforça d'approfondir la réflexion.

Les jours précédents et la veille de son départ pour Londres, elle et Giacco avaient eu des relations intimes, en particulier la nuit du 14 octobre 1984. De manière plus précise, elle supputa que cette date correspondait au pic de sa fenêtre de fertilité. En revanche, le premier jour de la période de fécondité suivante coexistait avec la date du viol. Elle déduisit que les chances de paternité de Giacomo étaient supérieures à celles des trois agresseurs. L'objection pertinente de sa fille s'avérait donc vraisemblable.

Son expérience professionnelle l'avait, depuis longtemps, accoutumée à se réjouir devant des résultats révélateurs de bonnes nouvelles. Un frisson tira la belle cardiologue de ses songes, puis elle s'immergea dans l'eau tiède.

***

Campé devant la psyché de la chambre, le Dr Cortone acheva de s'habiller en se parlant à lui-même. « Retrouver Claire après toutes ces années d'incompréhension sentimentale, qui plus est dans des circonstances inattendues, semble une chance inouïe. Le hasard ? J'admets que le hasard peut être « *la rencontre de deux séries causales indépendantes* » tel que le définit Antoine-Auguste Cournot de façon très cartésienne. Cependant, je préfère la définition poétique de Paul Eluard : « *Il n'y a pas de hasard, il n'y a que des rendez-vous.* »

Rendez-vous téléphonique il y a eu, lorsque Alan Ferrell m'obligea à prendre cinq semaines de vacances. Rendez-vous il y a eu, lorsque mon père fut victime d'un infarctus et soigné aux urgences du C.H.U. Rendez-vous il y a eu, lorsque mon chemin croisa à nouveau celui de la charmante et intelligente cardiologue Claire Mardeuille dans son cabinet. Mais, la cause de la mise en vacances m'est toujours inconnue. La mystérieuse *épreuve finale* en serait-elle l'origine ? »

Giacomo observa le miroir droit dans ses yeux. Le front plissé, le regard sombre, il s'agaça d'apercevoir le nœud raté de sa cravate, en tout cas tel qu'il le souhaitait. Il le dénoua, le renoua et recommença jusqu'à ce qu'il soit parfait.

***

Claire, Manon et Giacomo se présentèrent chez les Paupelier à l'heure prévue. Les parents de Claire accueillirent le savant comme s'ils l'avaient quitté hier. Il avait été fort estimé dans le passé. Il l'était tout autant dès lors que leur fille était heureuse.

Madame Paupelier avait concocté un repas fameux qui fut apprécié de tous. Le dessert, le café et le digestif se dégustèrent au salon. Courtoisie et bonne humeur furent de rigueur.

Tout fut lisse, convenu, pas de remarque désobligeante, aucun grief, aucune observation sur quoi que ce fut. D'ailleurs qu'auraient-ils eu à lui reprocher ? À l'époque, le pauvre garçon ignora tout de l'ignominie subie par sa bienaimée.

L'après-midi touchait à sa fin lorsque Claire et Giacomo s'en allèrent. Manon demeura chez ses grands-parents.

18

Lundi 20 juillet 1998

Les météorologistes avaient prévu des températures caniculaires sur la moitié sud de la France. Ce matin-là, Giacomo rentra chez ses parents par grand soleil et forte chaleur.

Maria était debout, Mario dormait encore. L'odeur du café chaud embaumait la cuisine. Elle proposa une tasse à son fils.

Pendant qu'il sirotait le nectar préparé par mamma, la délicate femme vint s'assoir en face de lui.

Elle s'accouda sur la table en formica, l'observa un instant avec une infinie tendresse et l'interrogea de sa voix douce :

« Alors, dis-moi comment s'est passée la rencontre avec les parents de la petite Claire ?

– Très bien, d'ailleurs ils vous adressent le bonjour à toi et papà ! »

Il raconta le repas par le menu, les discussions de l'après-midi à parler d'autrefois et du temps qui s'envole. « Courtoisie et bonne humeur ont été de rigueur, conclut-il. »

Les bras croisés, Maria écouta le récit sans prononcer un mot. Elle ressentait son fils chéri, apaisé, serein et enchanté.

La conversation terminée avec sa mère, Giacomo prit contact avec Charles son ami dévoué, commissaire en poste à Saint-Etienne. Il lui soumit le cas de harcèlement téléphonique auquel Claire était exposée.

Sans plainte déposée par la victime il lui était impossible d'engager une enquête officielle. Toutefois, par amitié, il entreprendrait des investigations préliminaires et l'informerait dès que possible.

***

Debout devant la croisée de sa chambre, Giacomo fixait du regard les frondaisons des tilleuls et platanes de la placette.

Il se plongea dans des considérations relatives à son prochain départ, en réfléchissant à Claire.

La situation actuelle le renvoya quatorze ans en arrière. S'éloigner l'un de l'autre s'était avéré une épreuve périlleuse qu'il se remit en tête avec inquiétude. Les conséquences s'étaient avérées effroyables pour Claire, désastreuses pour lui.

Le spectre de la tragédie plana un moment au-dessus des jours heureux écoulés depuis sa venue à Montbrison. S'éloigner d'elle à nouveau lui apparaissait comme un véritable crève-cœur. D'autant plus que Manon s'insérait désormais entre eux. L'enfant choyé par sa mère, un être devenu précieux à ses yeux dont il serait possiblement le père.

Les circonstances différaient bien que la résultante fût analogue : le fatum leur imposait une séparation immanquable pendant un temps déterminé. Que le ciel sans nuage de la félicité perdure jusqu'à la fin de sa mission, tel était le vœu le plus cher de l'anthropologue. Cette fois leur relation résisterait-elle à l'épreuve du temps et à l'éloignement ?

L'esprit plongé dans ses pensées, le regard noyé dans le bleu du ciel, Giacomo sursauta lorsque l'on toqua à la porte de la chambre. A la façon de frapper il identifia sa mère : « Entre, mamma ! » Maria ouvrit la porte avec lenteur et s'approcha de lui le visage égayé d'un doux sourire :

« Il est l'heure de déjeuner.

– Je n'ai pas très faim.

– Qu'as-tu, Giacco ?

– Rien, mon départ me préoccupe.

– Pourquoi ?

– Les journées ont défilé si vite, l'amour est revenu si vite, je dois repartir si vite, vous me manquerez si vite… Tout va trop vite.

– Pense moins, prends le temps de vivre.

– Pourquoi les mères ont souvent raison ?

– Parce qu'elles ont vécu avant leurs enfants, répondit-elle en lui caressant le visage de ses mains douces, usées par le travail.

– Allons manger ! dit-il. »

Ils gagnèrent la salle à manger où Mario commençait à s'impatienter.

***

En fin de journée, le téléphone sonna. Giacomo se précipita dans le salon et décrocha.

Entendre la voix de Claire le réjouit.

« Mon ami avocat a appelé… Le juge a signé l'ordonnance des tests ADN !

– Donc plus tôt que prévu, parfait... Les prélèvements le 21 juillet à Lyon, les résultats le 24 juillet... Est-ce toujours d'actualité ?

– Exact, mardi en début d'après-midi... Patience Giacco, nous connaitrons bientôt l'issue de cette affaire.

– Au fait, je désire inviter à déjeuner tes parents, les miens, toi et Manon... Es-tu libre dimanche prochain ?

– Euh... Je consulte mon agenda... Oui ! Pourquoi cette invitation ?

– Pour le plaisir et si les résultats sont positifs pour les fêter tous ensemble ! »

La journée avait semblé durer une éternité de séparation pour chacun d'eux. Ils s'entretinrent un long moment...

Mardi 21 juillet 1998

Mère et fille étaient prêtes. Giacomo sonna à la porte d'entrée. Elles le rejoignirent sur le trottoir près du véhicule garé là. Tous trois s'engouffrèrent dans l'habitacle, le moteur vrombit, l'automobile démarra en trombe. Il était hors de question de se présenter en retard au laboratoire d'analyses.

Ils mangèrent sur le pouce, puis se rendirent au rendez-vous à l'heure convenue.

Ils pénétrèrent dans le hall de l'accueil, furent pris en charge, dirigés vers la salle d'attente au décor minimaliste. Assis sur des chaises cannées, ils appréhendaient d'ores et déjà, non pas le contrôle biologique, mais son aboutissement.

Les prélèvements accomplis et les dossiers renseignés, ils prirent le chemin du retour.

Hormis le ronflement sourd de la mécanique, un silence lourd régna dans la voiture. Chacun réfléchit aux révélations futures des résultats et à leurs conséquences.

Manon pensait à la divulgation récente du secret de sa naissance dont le choc avait été d'une violence inouïe. De prime abord, elle avait éprouvé un ressentiment certain contre sa mère pour lui avoir tu l'innommable fait. Puis, elle avait réfléchi. À présent, elle admirait sa force de caractère, sa capacité à avoir pu surmonter le traumatisme, à avoir pu et su taire ce crime.

Pour elle, Gilles Mardeuille avait été un bon père nourricier jusqu'au divorce d'avec sa mère. Dans quelques jours, la jeune fille apprendrait avec certitude l'exacte vérité sur son origine biologique. Elle appréhendait, mais son vœu le plus cher était qu'elle se prénomme Giacomo !

Si tel n'était pas le cas, elle n'aurait aucun recours sinon accepter le résultat. Elle en serait affligée, mais l'ignominie n'aurait pas de place dans son esprit. Giacomo deviendrait son père de cœur.

Claire songeait aux conclusions des tests ADN dont elle s'impatientait de connaitre les résultats. L'apport de preuves catégoriques et tangibles éclaircirait la question essentielle qui l'obsédait depuis de nombreuses années. Pour autant l'ambivalence de la réponse la laissait toujours dans l'incertitude.

À la date convenue elle apprendrait enfin si Giacomo était ou pas le père de sa fille. Dans la négative, les attestations formelles anéantiraient ses espoirs. Rester dans l'expectative l'obnubilait déjà. Elle accepterait à contrecœur les preuves fournies par la science.

Claire ne se sentait donc pas prête à admettre cette hypothèse. Elle en était réduite aux conjectures et s'en tenait aux fortes probabilités qu'elle avait récemment évaluées.

Giacomo considérait que les divers traits de caractère communs pressentis en Manon ne laissaient aucun espace au doute : l'adolescente était sa fille. Il se raccrochait de toutes ses forces à ses intuitions.

Pour s'en convaincre, il bénéficiait d'une considérable dose d'optimisme qui l'animait au tréfonds de son cœur. Les tests révèleraient que des résultats positifs, sans équivoque, définitifs, indiscutables. Il n'envisageait pas une once de pourcentage négatif et n'admettait que cette seule opportunité. Autosuggestion ? Possible, mais sa conscience prêchait un converti.

Vendredi 24 juillet 1998

La sonnerie du téléphone retentit dans le cabinet hospitalier de Claire. Elle décrocha : « Allô, j'écoute… »

Son visage s'illumina d'un sourire expressif après la brève communication. Les paroles de son interlocuteur résonnaient encore dans sa tête : « Bonjour, Julien Poraire je suis le médecin en chef du laboratoire d'analyses médicales. Les résultats de vos tests ADN vous seront adressés ce jour par courrier électronique. »

Elle s'apprêtait à appeler Giacomo quand le téléphone sonna de nouveau. La praticienne décrocha : « Allô, oui… »

Pendant l'écoute de l'interlocutrice son visage se décomposa : « Bonjour, ici le secrétariat du

Docteur Poraire… Par suite d'un incident informatique nous sommes dans l'impossibilité de vous transmettre les résultats de vos tests ADN avant le 5 août. Veuillez nous excuser pour le désagrément. Merci, au revoir madame. »

Elle n'en sut pas davantage, mais demeura déconcertée avant de raccrocher.

Claire s'enfonça dans son fauteuil. Les bras en appui sur les accoudoirs, elle se concentra sur la situation.

Deux appels contradictoires en provenance de deux interlocuteurs à intervalle rapproché. L'étrangeté de cette coïncidence l'intrigua. Elle ne se posa qu'une seule question : « Pourquoi l'acheminement des résultats était-il réellement reporté ? »

L'incident informatique constituait une cause plausible. Dans ce cas l'information n'était que retardée. Retard qui mettait les nerfs à rude épreuve.

S'il s'agissait d'une défaillance du mode opératoire, du processus d'analyse ou de calcul, les tests seraient à renouveler et les résultats reportés.

S'il était question d'une permutation ou de la perte ou de la substitution des prélèvements, tout serait à recommencer. Là, les résultats…

Claire préféra sortir de la spirale infernale des spéculations hypothétiques. Elle accepta comme vraie la thèse du simple et concevable, mais très agaçant incident informatique.

Elle appela Giacomo chez ses parents. Maria répondit.

Dès que mamma identifia la voix de la jolie cardiologue, elle tendit aussitôt le combiné à son fils et s'éclipsa discrètement du salon :

« Giacco, mon amour !
– J'étais impatient de t'entendre, chérie…
– J'ai eu le laboratoire. »

Elle relata le curieux épisode des coups de téléphone.

Claire mentionna l'incident informatique et, embarrassée, avoua qu'elle n'avait pas reçu les résultats des tests. Dans le meilleur des cas, ils leur seraient adressés mercredi prochain.

Le visage fermé, Giacomo ne prononça pas un mot, ne réagit pas. Lorsqu'il prit la parole, le scientifique exprima son extrême déception, car il comptait au plus haut point sur les résultats.

***

Quinze heures, la sonnerie du téléphone retentit dans le cabinet de Claire. La ravissante

praticienne décrocha tout de suite :
« Professeure Claire Mardeuille, j'écoute… »

Son regard s'éclaira. Elle sourit pendant toute la durée de l'appel d'un nouvel interlocuteur du laboratoire d'analyses : « Bonjour ! Secrétariat du Docteur Poraire… »

Les résultats des tests ADN devraient lui parvenir incessamment.

Avant que la communication ne se termine, l'imprimante du télécopieur s'éveilla, cliqueta et crépita enfin. Elle expulsa la première page du rapport, les autres suivirent.

Claire raccrocha et se leva. Elle s'impatienta devant la machine jusqu'au dernier feuillet. Elle les rassembla, les agrafa, reconstitua l'intégralité du document.

Le précieux justificatif en main elle reprit place dans le fauteuil. La cardiologue inspira une longue bouffée d'air, puis commença à lire le sommaire.

Les explications préliminaires étaient claires : « *Ce document résume l'analyse ADN qui se présente sous la forme de probabilités. L'indice de paternité s'utilise pour examiner deux, voire trois échantillons y compris celui de la mère. Plus les marqueurs génétiques sont rapprochés, plus le lien de filiation est fort et le test de paternité sera positif.*

Dans le cas de test négatif, la probabilité étant nulle, le lien génétique entre le père supposé et l'enfant est donc inexistant. »

Elle lut les pages, concentrée sur chaque phrase, observa chaque valeur avec attention, vérifia tous les pourcentages avec sa calculette, accéda aux résultats. Elle tourna la page ultime et retint son souffle avant de consulter le tableau récapitulatif.

Entre le père supposé et l'enfant en question les taux des marqueurs génétiques atteignaient presque cent pour cent pour la plupart. En conclusion irrévocable, le lien de filiation du test de paternité s'avérait positif.

Entre ses mains tremblantes, le document attestait la paternité de son amour de toujours. De façon définitive et sans appel, Giacomo Cortone était, est et serait pour l'éternité le père biologique de Manon, sa fille chérie.

Le cœur de Claire se mit à battre de plus en plus fort. Elle fondit en larmes de joie, tenta de retenir ses pleurs, mais elle riait de bonheur en même temps.

Ces résultats la délivraient d'un poids énorme, lui ôtaient un lourd carcan de quatorze années de replis sur soi, de douleurs intérieures, de doutes et de remords.

***

Heureuse, elle ressentit un ravissement intense l'envahir qu'elle devait partager au plus vite. La clinicienne s'apaisa, courut se rafraichir le visage au lavabo.

Sur-le-champ, elle décida d'appeler Giacomo chez ses parents :

« Giacco… Nous avons reçu les résultats ! s'exprima-t-elle en pleurs.

– Claire que t'arrive-t-il ?

– Rien, rien… Ne t'inquiète pas, je pleure de joie… Les tests sont positifs, mon amour… Giacco chéri, tu es le père de Manon… Elle est NOTRE fille ! insista-t-elle avec des sanglots dans la voix.

– Comment se fait-il ? Ils ne pouvaient soi-disant pas les… »

Elle l'interrompit, lui commenta la troisième communication téléphonique, l'envoi des pages, la lecture feuillet après feuillet, les résultats positifs, l'état d'exaltation extrême qu'elle ressentait depuis ce moment-là.

Giacomo demeura sans voix. Claire reprit :

« Giacco, n'as-tu rien à dire ?

- Je ne trouve aucun mot qui exprimerait mes sentiments en ce moment… Bienheureux serait le plus proche ! Ce soir, nous pourrions fêter cette merveilleuse nouvelle avec Manon, qu'en penses-tu ?

– Je suis d'accord… Auparavant, je dois l'informer.

– Veux-tu que nous le lui annoncions ensemble ? Pense à inviter tes parents dimanche, nous profiterons de cette occasion pour leur révéler les résultats ainsi qu'aux miens !

– Oui… Viens à la maison vers dix-neuf heures. »

Giacomo raccrocha. Il ne sut que faire ni dire. Apprendre qu'il était le père de Manon l'émut davantage qu'il ne l'avait imaginé.

Il se parla à lui-même, comme souvent : « Père, devenir père, être le père de cette exquise fillette… Père, comme ce mot sonne bien. Papa ! Papa est encore plus doux à l'oreille. La phonétique de ce terme suggère la tendresse, l'affection, l'amour filial. Acceptera-t-elle de m'appeler papa du haut de ses treize ans ? Saurais-je la combler de l'amour paternel qu'elle mérite ? » Des questions qu'il se posa à voix basse.

Tout sembla se transformer en plus sérieux qu'à l'accoutumée. Un véritable moment de clairvoyance émergea en lui. Être père pour la seconde fois fit ressurgir de sa mémoire un court instant le souvenir de son fils Eliot. Le bout de chou n'était plus de ce monde, mais demeurerait dans son cœur à tout jamais. Depuis le fatidique instant, aucun enfant ne l'avait plus appelé papa.

***

Rien n'aurait retardé l'homme de science. À dix-neuf heures précises il sonna à la porte d'entrée.

Claire l'accueillit à bras ouverts, l'étreignit sur son cœur, l'embrassa avec ferveur. Il répondit avec autant d'impétuosité à son enlacement amoureux.

Elle le débarrassa des paquets qu'il avait apportés : bouquets de fleurs, petits fours et champagne.

Il interrogea :

« Où est Manon ?

– Dans sa chambre. Souhaites-tu qu'elle nous rejoigne ?

– J'ai hâte que nous le lui annoncions.

– Rien ne presse, nous avons tout le temps de préparer la fête.

– Oui, ne précipitons rien... Ce sera une surprise prodigieuse. »

En un court moment, lumières tamisées, bougies parfumées et roses fragrantes créèrent une ambiance festive dans le salon.

Un plateau d'argent garni de petits fours, sur lequel Claire ajouta des amuse-bouche et des friandises, décora la table basse.

Giacomo posa les coupes et le seau à champagne rempli de glaçons au milieu desquels baignait une bouteille de Cristal Louis Roederer millésimé. L'évènement méritait un moment de folie.

Manon sortit à l'improviste de la chambre afin de se rendre à la cuisine. Passant devant la porte ouverte du salon, elle les interpela :

« Que fêtez-vous tous les deux ?

– Un bonheur d'une extrême importance, assura sa mère.

– Vous allez vous marier ? s'écria Manon.

– Qui sait ? s'exclama Claire, le visage riant et le regard malicieux.

– Cela me concerne-t-il ? Suis-je invitée ?

– Oui et oui ! répondit Giacomo enjoué.

– Je donne ma langue au chat !

– Cette après-midi, j'ai eu connaissance des résultats des tests de paternité, déclara sa mère !

– Et alors ? interrompit la jeune fille.

– Ils sont positifs, Manon... Je suis ton père biologique, clama Giacomo d'un air ravi ! »

La demoiselle resta coite. Elle courut vers sa mère se réfugier dans ses bras.

Elle se mit à pleurer, versa des larmes de joie. Au fond d'elle-même, elle avait tant désiré que Giacomo fût son père. Désormais, il l'était pour l'éternité.

Il s'approcha et l'embrassa d'un tendre baiser au creux de son cou. Elle retourna sa tête vers lui, le visage inondé de larmes : « Maintenant que c'est vrai et pour toujours, je peux t'appeler papa ? »

Giacomo n'y tint plus. Il la saisit dans ses bras, la souleva, la serra contre sa poitrine avec douceur : « Bien sûr, tu es NOTRE fille, j'en suis très heureux, ma chérie. » La scène s'avérait chargée d'une forte émotion.

Claire prit la parole la voix étranglée par des sanglots retenus : « Je vous adore comme cela... Mon espérance la plus secrète se concrétise à l'instant sous mes yeux, telle que je l'avais rêvée.

– Bon ! Il est temps d'ouvrir la bouteille de champagne, déclara le père comblé. »

Il saisit le flacon avec dextérité, la déboucha avec maestria et servi une coupe à chacun... moins pleine pour Manon ! Leurs cœurs en fête, ils continuèrent de célébrer joyeusement ce moment de jubilation.

***

Manon rejoignit sa chambre. Heureux, Claire et Giacomo conversèrent dans le salon. Ils achevèrent la discussion et burent une gorgée du délicieux breuvage.

En reposant sa coupe sur la table basse, il changea de propos :

« Charles, l'ami commissaire de police, a téléphoné cette après-midi. Il m'a informé du résultat des recherches effectuées.

– Qu'a-t-il dit ? »

Giacomo relata les dires de son ami. À la fin, Claire reprit la parole :

« Ni l'anesthésiste ni l'infirmière n'étaient donc en cause... Et le dermatologue ?

– Non plus...

– Qui, alors ?

– Son neveu.

– Comment est-ce possible, il était censé ne pas connaitre mes numéros de téléphone, demanda-t-elle étonnée ?

– Il les a eus par son oncle !

– Qu'a fait la police ?

– L'équipe de Charles avait localisé d'où venaient les appels... Il s'est rendu sur place. Lors de l'entretien avec le jeune homme celui-ci a avoué être l'auteur des communications... Tu n'as plus de craintes à avoir.

– L'affaire est donc réglée... Remercie ton ami et son équipe. Félicite-les également pour leur réussite. »

Dimanche 26 juillet 1998

Giacomo avait réservé une table à La Roseraie. Elle fut dressée dans un recoin intime de la terrasse à l'ombre de grands arbres. Une température caniculaire accablait Montbrison.

Claire avait transmis un plan de table à l'accueil. Endimanchés et un peu empruntés, les quatre grands-parents, qui se connaissaient de longue date, cherchèrent leur place. Chacun s'attabla face à son prénom.

Manon s'installa entre les nouveaux parents. Seuls ces trois-là connaissaient le réel motif de l'invitation. Les quatre autres convives le découvriraient sous peu.

Dès l'apéritif servi, les langues se délièrent. Entre les grands-parents les discussions allèrent bon train. Les souvenirs communs ressurgirent de leurs mémoires hésitantes.

Un verre à la main, Claire se leva et réclama le silence à la tablée. Sans l'avoir voulu, il se fit sur toute la terrasse, car il était évident qu'une annonce allait suivre.

La ravissante cardiologue déclara d'un air digne et un tant soit peu solennel : « Monsieur et Madame Cortone, papa, maman, vous savez que Giacco et moi nous sommes retrouvés de façon fortuite. Nous avons repris la relation qui nous unissait autrefois. Elle avait été rompue par ma seule volonté à la suite d'un acte que chacun connait. L'âge de Manon l'ayant logiquement interpelé, une question essentielle s'est posée. Qui était son géniteur ? Manon, mon chéri et moi avons accepté que soit effectué un test de recherche de lien de paternité. Les résultats nous ont été communiqués il y a deux jours et… Ils sont positifs ! Giacomo Cortone est de manière incontestable et définitive le père biologique, papa de Manon ! Je vous propose donc que nous portions un toast au bonheur d'aimer, d'être aimé et à NOTRE fille ! »

Le nouveau père se redressa, embrassa avec affection sa fille larmoyante ainsi que Claire qu'il étreignit sur son cœur.

La jeune fille se réfugia aux côtés de sa mère, l'enlaça, se serra contre elle. Puis, saisissant la main de son père, elle se blottit entre ses parents.

Ébahis, enchantés, les grands-parents se congratulèrent, tous s'embrassèrent les uns après les autres. Une joie commune évidente marquait ce moment de félicité. La jubilation collective gagna le cercle de famille.

19

Samedi 1ᵉʳ août 1998

𝒢iacomo prépara ses bagages dans la chambre. Chaque boucle attachée, chaque fermeture Éclair refermée sonnait le glas de la fin des vacances. Il ressentit la mélancolie monopoliser son esprit.

Recommencer à être ce qu'il était et qu'il avait cessé d'être cinq semaines durant, le chagrina : Docteur Giacomo Cortone, anthropologue. « La rançon de la gloire, murmura-t-il par dérision. »

La renommée internationale de sa carte de visite, les convenances qu'elle impliquait ainsi que le prestige lié à sa fonction actuelle le troublèrent. Les titres universitaires de Docteur ou Professeur ne l'impressionnaient pas outre mesure. Il se complaisait en simple Monsieur Cortone, Giacomo ou Giacco.

Il se reconnait doté d'un intellect qu'il qualifie de normal, se sait instruit, mais modeste. Son humilité naturelle le préserve de tout sentiment de supériorité.

***

Maria frappa à la porte avec douceur, comme chaque fois :

« Giacco, viens… Le déjeuner est prêt.

– J'arrive, mamma ! »

Il rejoignit ses parents quelques instants plus tard.

À table, Mario l'interrogea :

« Tu pars demain ?

– Oui, je prends le TGV pour Paris à l'aéroport de Lyon… Mardi, je m'envole pour le Mexique… Je vous téléphonerai lorsque je serai à mon appartement.

– Tu penses revenir nous voir, osa Mario ?

– Giacco, n'attends pas trop longtemps… Nous sommes vieux maintenant, renchérit la brave femme.

– Mamma, je n'attendrai pas onze années avant de revenir… Ces semaines passées à la maison m'ont aidé à panser d'anciennes plaies et des blessures d'amour-propre. Je me suis aussi rendu compte à quel point vous m'avez manqué tous les deux... Je serai de retour avant Noël.

— Que comptez-vous faire Claire et toi ? risqua Mario.

— Nous espérons nous marier si tout se déroule comme nous l'avons envisagé.

— Et la petite Manon ? demanda Maria.

— Nous la garderons avec nous, bien sûr.

— C'est par rapport à son nom actuel, vu qu'elle est ta fille.

— Mamma, chaque chose en son temps... Claire et moi nous marierons, ensuite j'adopterai Manon ainsi elle portera mon nom. »

Giacomo demeura avec ses parents jusqu'à la fin de l'après-midi, puis il rejoignit Claire.

Dimanche 2 août 1998

Après une chaude nuit, tant au sens propre qu'au sens figuré, le début de la matinée ne le fut pas moins. Claire et Giacomo se levèrent et savourèrent un copieux petit-déjeuner.

Tous les deux paraissaient comme atteints d'apathie et de mutisme. Pas qu'ils ressentirent une quelconque fatigue physique. Non, mais un manque perceptible d'enthousiasme les incitait à modérer le dynamisme de leurs gestes et de leurs mouvements afin qu'ils se prolongent indéfiniment. Chacun avait en tête l'idée de leur proche séparation et de se retrouver seul.

Dans la touffeur de l'appartement planait la tristesse du départ. Elle s'affichait sur les visages dont les traits tirés et les yeux cernés reflétaient aussi le manque évident de sommeil. Le terme inéluctable des vacances les poussait-il à réagir de la sorte ? Il se pourrait, mais pas seulement.

Au fond de lui, Giacomo souhaitait que les heures s'éternisent, qu'elles figent à tout jamais ces merveilleux moments d'amour partagés.

Partir, s'en aller loin l'un de l'autre... Cette pensée l'incommodait. La situation actuelle lui rappela celle vécue en 1984. Elle suscitait des interrogations inévitables auxquelles il se refusa à répondre, au contraire de son habitude.

Il porta son regard vers la fenêtre de la cuisine. Dehors la canicule, qui s'abattait sur la région à cette période-là, écrasait de chaleur les rues pentues de Saint-Priest-en-Jarez.

Blottie entre les bras de son bien aimé, Claire songeait malgré elle à son départ. Elle désirait de tout cœur qu'il demeurât à ses côtés, qu'il ne repartît pas, bien qu'elle sût impossible un tel revirement de situation.

Paris, puis le Mexique, cruelle séparation. Ces pensées évoquant l'éloignement la troublaient. Pendant combien de temps ? Se reverraient-ils ? Le futur reproduirait-il le passé ? Cette triste problématique rappela à Claire de douloureux souvenirs. Elle ne se résolut pas à imaginer le pire, mais se força à revenir au présent.

Au cours des cinq semaines écoulées, ils avaient discuté de cette séparation à maintes reprises. Elle leur était apparue si lointaine qu'ils l'évoquaient sereinement, sans appréhension, sans pressentiment. Désormais bien présente, l'épreuve devait être affrontée avec courage et lucidité. Leur amour et leur avenir ensemble dépendaient de leur confiance réciproque.

Jusqu'au moment de prendre la route, la journée se déroula à l'appartement de Claire en effusions amoureuses, tendres épanchements, douces caresses et milliers de baisers.

Les départs attristaient la ravissante femme. Elle n'avait donc pas envisagé d'accompagner Giacomo à Lyon et l'en avait informé.

***

Le Dr Cortone ramena le véhicule de location à l'agence de l'aéroport Lyon Satolas. Il se dirigea vers l'immense hall de la gare SNCF en tirant sa lourde valise et portant son sac.

Il chercha du regard sur les tableaux des horaires, les arrivées et les départs. Aucun retard n'était signalé pour le TGV qui le transporterait.

Plus l'heure prévue approchait, plus les voyageurs s'affairaient dans la vaste salle ainsi que sur les quais. Ils sortaient, entraient, consultaient les panneaux d'affichage lumineux, revenaient, accéléraient le pas avec en fond sonore un invariable *jingle* musical qui ponctuait chaque annonce d'une note subliminale.

Giacomo s'aventura sur le quai jusqu'à la zone d'arrêt de la rame où il devait prendre place et attendit. Le convoi entra en gare. Les freins grincèrent d'un cri métallique aigu et prolongé. Le train s'immobilisa près de lui. Des passagers descendirent, d'autres montèrent. À bord, le savant identifia son siège et s'installa.

Le TGV s'ébranla, reprit sa course folle, puis disparu dans la première courbe du chemin de fer. Presque deux heures plus tard il atteignit la gare de Lyon à Paris.

Debout près de la porte, il s'apprêta à quitter la voiture de queue. Les freins grincèrent, le convoi ralentit, stoppa sans à-coup. La porte s'ouvrit, libéra les voyageurs. Il parvint à pas lents sur le quai où, après l'arrêt du TGV, flottait l'odeur caractéristique de la graisse mêlée à celle du métal échauffé. Terminus.

***

Le ciel était bleu lorsque Giacomo rejoignit la file de taxis à l'extérieur de la gare et monta à bord du second véhicule :
« B'jour, M'sieur ! Je vous conduis où ?
– Bonjour… Square d'Urfé, avenue du Maréchal Lyautey dans le 16e, s'il vous plait.
– C'est parti ! s'exclama le chauffeur en démarrant. »
Au cours du trajet, Giacomo rêvassa à ses semaines de vacances dont il remerciait sa hiérarchie qu'elles eussent été forcées.
Il revivait avec délice tous les instants de bonheur vécus au cours de cette période estivale.
Combien il avait apprécié les retrouvailles avec ses parents, avec ses amis trop longtemps délaissés. À quel point il avait gouté l'affection, la tendresse, l'amitié qui lui avait été prodiguée. Comment le sort lui avait souri en retrouvant Claire, son amour de jeunesse qu'il avait

imaginé perdu. Ils avaient renoué le lien, plus passionnés que jamais. Et, il y avait Manon, l'adorable fille de Claire qui s'avérait être aussi la sienne. Son attachement envers elle relevait du sentiment naturel qu'est l'amour paternel.

Ses pensées circulèrent parmi les lumières des voies parisiennes jusqu'à ce que le véhicule se gare le long du trottoir : « Vous voici rendu, M'sieur ! »

À la porte du hall d'entrée de la résidence, le Dr Cortone sonna à l'interphone de la concierge. Elle demanda :

« Qui est-ce ?

– Bonsoir Madame Rose, je suis le Docteur Cortone… Je souhaite récupérer les clés de mon appartement.

– Bonsoir Docteur Cortone, j'ouvre. »

Clés en main, il prit l'ascenseur et monta. Il déverrouilla la porte d'entrée, la poussa, puis alluma le plafonnier.

Bien que Madame Rose eût aéré chaque pièce, comme le lui avait demandé le Dr Cortone, il régnait à l'intérieur une insignifiante odeur de renfermé. Son domicile était inoccupé depuis deux années. Le téléphone n'avait pas été remis en fonction, il l'avait jugé inutile pour un si court séjour.

Il gagna la cabine publique toute proche de chez lui. Il appela et informa d'abord Claire, puis ses parents afin de les rassurer.

Jusque-là, tout allait bien !

20

Lundi 3 août 1998

En sortant de la brasserie, le Dr Cortone interpela un taxi qui le transporta au CNRS, rue Michel Ange.

À l'heure précise, le Pr Alan Ferrell l'accueillit dans son bureau dont le décor était réduit au strict minimum. Une pièce claire meublée d'éléments contemporains.

Le Professeur, haute stature, chevelure brune et vêtu sobrement l'interrogea sur ses vacances, bien méritées selon lui.

Affable, l'homme proposa café, thé ou infusion, puis appela sa secrétaire à qui il demanda de bien vouloir leur servir au salon du café et des biscuits.

Elle déposa le plateau sur la table basse. Le Professeur apporta une volumineuse chemise cartonnée. Le titre n'échappa en aucune façon au Dr Cortone, car il s'agissait du dossier relatif à la mission mexicaine.

Ils s'installèrent dans de sublimes et confortables fauteuils en cuir. Alan feuilleta des documents saisis au hasard.

Il prit la parole sur un ton doctoral :

« Giacomo, nous avons là les fruits de deux années de vos travaux acharnés, rigoureux, riches de découvertes. Les originaux des documents, photographies, films, témoignages, enregistrements, justifications, tous créés depuis le début de cette mission, sont réunis dans ce carton. Ces preuves incontestables serviront de bases à toutes les communications, articles et billets destinés aux plus prestigieux magazines d'anthropologie et d'archéologie de la planète.

– Mais les travaux de recherche ne sont pas achevés...

– C'est très précisément de cela que je désire m'entretenir avec vous.

– Alan, je suis prêt à redoubler d'efforts et à rester tout le temps qui sera nécessaire afin de mener à bien cette mission. Mais d'ores et déjà, croyez bien que...

– Non, non, vous n'êtes pas sur la bonne voie… Il ne s'agit pas d'un problème de personne, mais de subsides, d'argent.
– D'argent ?
– Surprenant, n'est-ce pas ?
– C'est le moins que l'on puisse dire.
– Une autre tasse de café, Giacomo ?
– Merci, sans façon.
– Écoutez-moi… Je vous raconte. »

Le Professeur comprit que le Dr Cortone se méprenait. Devant son désappointement patent il explicita ses propos.

Celui-ci l'informa que la collaboration avec le musée de la Culture de Teotihuacán en lien avec l'Institut National d'Anthropologie et d'Histoire de Campeche serait tronquée de douze mois.

Lors du vote des autorités compétentes, le budget alloué pour la troisième année de recherche n'avait pas été reconduit. La mission internationale arriverait donc à son terme en fin d'année 1998.

Il s'empressa d'ajouter que cette année un chantier de fouilles avait été ouvert sous la pyramide de la Lune. Elles étaient menées par deux célèbres archéologues, l'un américain et l'autre mexicain. Selon les informations en sa possession, le budget pour la troisième année de recherches avait été alloué à la continuation de ce chantier.

Contrarié par ces annonces inattendues, Giacomo demeura néanmoins muet et visage impassible.

Concernant leur mission, il objecta que cela impliquerait trois conséquences primordiales. En premier lieu, l'interruption imminente des travaux de recherche resterait inachevée. En second, les études et conclusions des résultats ressortiraient fatalement partielles. En troisième, les traductions des publications risqueraient de ne pas être assurées en fonction de la durée désormais impartie.

Il invoqua ensuite le nouveau chantier, dont il connaissait bien sûr l'existence et qui absorberait la dernière partie du budget initial attribué à leur mission. Il manifesta une véritable contrariété face à cet état de fait dont son directeur n'avait pas pu anticiper la finalité ni intervenir afin de l'éviter.

Le Pr Alan Ferrell reprit la parole :

« Vous avez vu juste en tout, Giacomo. J'insiste donc afin que les travaux en cours se terminent au plus tôt. Le but étant de conclure au plus vite sur ce que vous aurez obtenu et rédiger tout aussi vite les articles à paraître. En ce qui concerne les traductions, le Professeur Ortiz s'est engagé à les prendre en charge dès le premier écrit à paraître.

– Voici donc dévoilé le fameux processus d'exécution de l'énigmatique *épreuve finale*...

– En quelque sorte... Des questions ?

– Pas dans l'immédiat, des remarques en revanche. »

Sans état d'âme Giacomo énuméra celles qui paraissaient essentielles ou contreproductives à l'encontre de la renommée du centre ainsi qu'à lui-même sur le plan professionnel.

Le Pr Ferrell ne prononça aucune parole, mais il en convint. Il expliqua comment tout était sous contrôle afin d'éviter cela. Rien n'entacherait la notoriété du centre de recherche ni la crédibilité internationale de l'anthropologue. Telle qu'elle débuta, l'entrevue prit fin de façon courtoise.

En lui tendant le billet d'avion de retour au Mexique, le Pr Ferrell annonça au Dr Cortone que le Pr Ortiz informerait l'ensemble du personnel de la mission au cours d'une réunion officielle planifiée mercredi 5 août à quatorze heures.

Giacomo prit conscience que les dés étaient jetés et la partie terminée. La mission cesserait à la fin de cette année.

En se serrant la main, les deux hommes se saluèrent sincèrement :

« Giacomo, je vous souhaite un excellent voyage, dit simplement le Pr Ferrell avant de le raccompagner jusqu'à la porte de son bureau.

– Merci et au revoir, Alan. »

Les deux savants se témoignaient déférence et estime réciproques.

Le Dr Cortone s'en alla tranquillisé quant à la teneur de la lourde tâche qu'il devrait exécuter. Malgré cela, l'idée d'interrompre les recherches le perturba foncièrement dans la mesure où d'autres anthropologues pourraient reprendre ses études inachevées ultérieurement.

La haute opinion et la philosophie qu'il avait de sa profession s'accommodaient peu de ce qu'il serait tenu d'effectuer. Rédiger un ouvrage de fin de mission dont les enseignements et conclusions seraient de toute évidence inachevés disconvenait à sa conception de la recherche scientifique.

Par-dessus tout son amour-propre en était blessé, car il pensait cette issue tronquée indigne de sa considération dans la sphère mondiale de l'anthropologie.

***

L'homme de science s'introduisit dans la première cabine téléphonique rencontrée.

Il appela sa bienaimée. Il lui raconta l'objet et le contenu de l'entretien, mais il s'abstint de préciser la cause de l'arrêt de la mission.

À sa façon de relater, la cardiologue comprit le trouble provoqué dans l'esprit de Giacomo. Perspicace, elle n'intervint pas sur ce terrain en reprenant la parole :

« Mais cette décision rapproche la date de ton retour, mon chéri !

– C'est vrai... Nous éviterons ainsi des allers et retours entre le Mexique et la France.

– Je souhaiterais aller te retrouver là-bas avec Manon. Nous visiterions le site où tu travailles et la région.

– Teotihuacán ?

– En décembre, ce serait formidable ! »

Ils conversèrent de ce projet d'escapade à tel point que le moral de Giacomo remonta comme par enchantement. Les pouvoirs insoupçonnés de l'amour... Ah, l'amour !

Parvenu déridé au square d'Urfé, il s'arrêta à la loge de Madame Rose, la concierge :

« Dans quelque temps une femme et sa fille résideront dans mon appartement... Je vous préciserai la date exacte ultérieurement.

– D'accord, Docteur Cortone… Des personnes de la famille, si je peux me permettre ?

– L'on peut dire cela… Demain matin, je laisserai mes clés dans votre boite aux lettres.

– Parfait, conclut la serviable femme d'un air complice. »

21

Mardi 4 aout 1998

La veille au soir l'anthropologue avait commandé les services d'un taxi.

À l'heure prévue le véhicule s'arrêta devant le square d'Urfé.

Empressé, le conducteur descendit de l'auto, saisit les bagages et les chargea dans le coffre.

Le Dr Cortone monta à l'arrière, puis indiqua au chauffeur la destination d'un trait :

« À l'aéroport Charles de Gaulle, s'il vous plait.

– Bien, monsieur… À quelle heure votre avion ?

– Il décolle à douze heures dix, mais il faut que j'enregistre mes bagages.

– Vous aurez le temps, nous serons bien en avance. »

Pensif, le chercheur ne dit pas un mot pendant le trajet.

Le chauffeur gara l'automobile près de l'accès au terminal 1. Le Dr Cortone s'apprêta à régler le coût de la course, tandis que le conducteur déchargeait l'énorme valise et son sac.

Il se dirigea vers la porte d'embarquement et entra dans le hall où il fit enregistrer ses bagages à l'un des guichets. Dans la salle d'attente, il s'assit en consultant sa montre : « Une heure à attendre, murmura-t-il entre ses dents avant de souffler. ». Il retira un journal de sa sacoche et se mit à lire.

***

L'annonce de l'ouverture du vol en partance pour Mexico éveilla l'attention du scientifique. Celui-ci se leva, posa le périodique sur le fauteuil, s'inséra dans la file, le mouvement. Il parvint à la station de contrôle des cartes d'embarquement et d'identités des passagers.

Les vérifications réalisées, Giacomo pénétra dans le couloir de la passerelle télescopique. Il accéda à la cabine. Hôtesses de bord et stewards s'affairaient à orienter chaque personne vers l'allée où elle trouverait son siège.

Une dame âgée avança jusqu'à sa place à pas lents. Son foulard autour du cou était parfumé à la violette dont la fragrance embauma une partie de la carlingue.

Elle sollicita l'aide de quelqu'un afin de poser sa valise de cabine dans le coffre à bagage. Giacomo se proposa. Il la rangea, elle lui sourit, le remercia et s'assit de l'autre côté de l'allée.

Dans l'exigüité du couloir, le Dr Cortone continua à chercher le numéro de son siège. Il s'installa, près du hublot.

L'odeur suave et entêtante de la violette fit surgir de sa mémoire des souvenirs d'enfance. Il se remémora les petits bouquets de frêles fleurs mauves ou blanches qu'il rapportait à sa mère dès le printemps venu.

Mario avait été un pêcheur de truites chevronné. Souvent, il emmenait le garçonnet. Pendant que son père remontait le courant de la rivière, il laissait Giacomo taquiner les goujons et les vairons dans un endroit calme et sûr du cours d'eau. Lorsqu'il se lassait d'observer le bouchon, il cueillait des fleurs et les ramenait à Maria.

Chaque fois, celle-ci le gratifiait de tendres baisers. Il regarda par la fenêtre ronde en esquissant un sourire.

À bord, le personnel gesticula en mimant les consignes de sécurité usuelles à effectuer pour le décollage, le vol et l'atterrissage, en cas de nécessité.

L'avion se mit en marche, roula sur le tarmac jusqu'au point de départ où il stationna de longues minutes.

L'appareil s'élança sur la piste, accéléra, se cabra, monta dans les airs et, par un large virage, s'orienta vers le Nord.

Il survola le nord de la Manche, la Grande-Bretagne, l'Écosse, l'archipel britannique des Hébrides extérieures, l'Atlantique Nord, la partie sud du Groenland, la mer du Labrador, l'embouchure de la baie d'Hudson, les provinces canadiennes de Québec et de l'Ontario.

L'aéronef s'éloigna du Canada, vola au-dessus du lac Michigan, des États américains du Missouri, du Tennessee, du Mississippi, de la Louisiane.

L'appareil dévia de l'Amérique du Nord à La Nouvelle-Orléans, se positionna au nord-ouest du golfe du Mexique, se dirigea enfin vers l'aéroport international de Mexico.

Quelques lignes d'écriture et le jet parcouru d'un trait neuf mille neuf cent cinquante kilomètres en onze heures et seize minutes de vol !

Les formalités administratives commencèrent au service de l'immigration, continuèrent à la douane, puis à la police des frontières. Les passagers se dirigèrent ensuite vers le hall des arrivées du terminal 1.

***

Comme le lui avait demandé Giacomo, la secrétaire du Pr Ferrell avait téléphoné à Juan Carlos. Il attendait l'anthropologue depuis au moins une heure, un panonceau entre les mains sur lequel était écrit son nom.

Lorsque le Dr Cortone s'introduisit dans l'immense salle, il aperçut le chauffeur attitré de la mission vêtue de son costume noir. Il avança vers lui, souriant et la main tendue :

« Bonsoir, Juan Carlos !

– Bonsoir, Docteur Cortone… Avez-vous vous fait bon voyage ?

– Quelques faibles turbulences au-dessus de Chicago, hormis cela très bon vol, merci Juan Carlos.

– Docteur Cortone… Suivez-moi jusqu'au parking, demanda-t-il en empoignant la lourde valise et l'énorme sac de voyage. »

Son énorme sacoche en bandoulière, Giacomo suivit son guide dans le dédale de couloirs.

Ils parvinrent au véhicule impeccable de propreté tant à l'extérieur qu'à l'intérieur. « Que ces sièges recouverts de vieux cuir fleurent bon, songea Giacomo. »

La berline sortit de l'espace aéroportuaire et s'inséra dans un flot incessant d'automobiles. Elle s'évanouit dans le flux lumineux de la circulation nocturne de Mexico City.

Les deux hommes restèrent muets le retour durant. L'anthropologue fatigué et absorbé par ses pensées, le chauffeur respectant le silence de son passager.

Lorsqu'ils traversèrent les *ciudades perdidas*, Giacomo se souvint, qu'avant de quitter le Mexique, il avait l'intention de venir visiter les bidonvilles de ces banlieues misérables.

La voiture se gara devant l'immeuble où résidait le Dr Cortone à Teotihuacán. Il descendit et pria Juan Carlos de venir le chercher demain à dix heures trente.

22

Mercredi 5 aout 1998

$\mathcal{D}$e son poste d'observation habituel dans la cuisine, le Dr Cortone guettait l'arrivée du taxi qui le conduirait à son bureau.

La berline noire surgit de l'avenue Cruz de la Misión, vira autour du rond-point, s'immobilisa contre le trottoir. Juan Carlos descendit de l'habitacle, contourna le véhicule. Il se précipita à l'arrière afin d'ouvrir la porte droite. Les deux hommes se saluèrent. Le chauffeur reprit sa place, verrouilla les portières, le moteur vrombit, l'automobile partit.

La voiture parvint à destination sur le par de stationnement du musée de la Culture de

Teotihuacán. Juan Carlos déverrouilla les portières. Il sortit et ouvrit la porte arrière en respectant les mêmes règles de bienséance qu'au départ.

L'anthropologue mit pied à terre et remercia le chauffeur :

« À ce soir, Juan Carlos…

– À ce soir, Docteur Cortone. »

Giacomo pénétra dans l'aile du bâtiment et réintégra son bureau, au rez-de-chaussée.

***

La secrétaire du Pr Ezequiel Ortiz Aguilar introduisit Giacomo dans le vaste bureau vicié par l'odeur âcre du tabac : « Bonjour Dr Cortone, rejoignez vos collègues ! s'exclama-t-il en désignant l'une des chaises disposées autour de la longue et large table de réunion. »

Il se leva, prit place sur le siège à haut dossier installé à l'une des extrémités. Il parcourut du regard l'assemblée des collaborateurs directs qui œuvraient pour la mission. Non pas afin de vérifier la présence de tous, mais pour s'assurer que tous étaient prêts à l'écouter.

Le Pr Ortiz n'était pas du genre à tourner autour de la question. Selon son habitude, il entra aussitôt dans le vif du sujet en présentant la situation avec emphase. Il affectionnait les discours grandiloquents.

Le Professeur chargea ses collaborateurs de relayer les grands traits de sa communication auprès de leurs subordonnés. Cependant, il leur précisa de taire l'aspect financier, cause du raccourcissement de la mission.

Tous se levèrent et s'apprêtèrent à quitter le bureau. Le Pr Ortiz se mit debout le dernier :
« Docteurs Cortone et Ramirez, veuillez attendre un instant, s'il vous plait. »

Lorsque les autres collaborateurs furent tous sortis, il s'assit et indiqua aux deux hommes de science de se rassoir.

Le Professeur Ezequiel Ortiz Aguilar commença un autre monologue :

« Je suis conscient du sacrifice qui vous est demandé. Aussi de ce que représente pour vous l'obligation de cesser vos travaux et vos recherches. Je comprends la frustration qui peut être la vôtre en tant que scientifiques renommés. Malheureusement, cela dépasse ma seule volonté. Vous et moi devons accepter cet état de fait. Je suis convaincu que votre passion de l'anthropologie et votre professionnalisme sauront venir à bout de cette mission dans le délai désormais imparti. Par ailleurs, je veux être informé sur-le-champ de tout obstacle à vos efforts. Messieurs, je vous souhaite tout le courage qui vous sera nécessaire afin de mener à bien cette *épreuve finale*. »

Giacomo et Alejandro se levèrent ensemble. Le Pr Ortiz les raccompagna jusqu'à la porte de son bureau.

Ils montèrent à l'étage déguster une tasse de café, devant la fenêtre du salon :

« Que penses-tu de cette allocution ? interrogea Giacomo.

– Je pense que les États usent de leur monopole sans scrupule. Patrimoine et culture succombent trop souvent de manière abusive sur l'autel des sacrifices. Ces deux maillons essentiels de toutes les civilisations sont relégués au bas de l'échelle des lignes budgétaires, une fois de plus.

– J'en conviens... Espérons que cette coupe sombre servira honorablement ce projet culturel. Maintenant, il nous incombe de décider, préparer et planifier correctement la fin de cette mission. »

Ils s'accordèrent pour œuvrer en quatre phases : cessation immédiate des recherches, études et conclusions, parutions scientifiques, traductions des publications. Comme le lui avait précisé le Pr Ferrell, Giacomo souligna que cette dernière partie serait à la charge du Pr Ortiz.

Les deux hommes gagnèrent leur bureau respectif et se mirent au travail.

La journée de reprise parut interminable au Dr Cortone. Il lui tardait de rentrer à son appartement où le reconduisit Juan Carlos à l'heure habituelle.

La routine quotidienne reprenait comme si rien n'avait changé. Cependant de manière imperceptible rien n'était plus comme avant son départ en métropole.

***

Le décalage horaire entre le Mexique et la France imposa de fait une routine téléphonique. Giacomo appellerait Claire, Manon, ses parents, ses amis vers vingt heures locales, soit douze heures à Montbrison.

Il passa un coup de fil d'abord à ses parents. Ils furent heureux d'apprendre qu'il était arrivé à bon port. Savoir que son voyage s'était déroulé sans embarras les rassura.

Ensuite, il téléphona à Claire à son cabinet hospitalier du C.H.U. Ils discutèrent longtemps, tant de choses à se dire. Giacomo raconta son voyage, son retour au bureau, la harangue sentencieuse du pontifiant Pr Ortiz Aguilar, le travail acharné entrepris à bras-le-corps par Alejandro et lui-même.

Il l'informa de son souhait de les savoir, elle et Manon, installées avant la fin de l'année dans son appartement parisien pour autant qu'elles acceptaient la proposition. Claire acquiesça à la demande et ajouta : « Je dois aviser notre fille. »

Giacomo sourit à l'écoute de ses propos, ravi d'entendre qu'elle intégrait d'autorité Manon dans sa décision. Notre fille ainsi que les termes utilisés par sa bienaimée lui procurèrent une vive satisfaction, un réel bonheur.

Après un long moment, ils menèrent à terme leur conversation en roucoulant de tendres mots d'amour...

Mardi 11 août 1998

Giacomo et Alejandro œuvrèrent tel que l'avait pensé le Pr Ortiz. Leur passion sérieuse, sans faille du métier et leur professionnalisme contribuèrent à aborder d'un front commun la fin de la mission. Quels que soient les efforts à fournir, elle serait achevée à temps.

À l'inverse de ce qu'ils estimèrent, la durée nécessaire jusqu'à la fin des recherches fut brève. Ils s'en réjouirent, car les études ainsi que les conclusions bénéficieraient d'une période de réflexion plus conséquente que prévu.

Les journées s'écoulaient au rythme soutenu des tâches à accomplir ainsi que sous la forte pression de l'objectif à atteindre en fonction du temps alloué.

Ce mardi ne faillit pas au principe…

***

Ce soir-là, Giacomo composa le numéro de Claire et s'exclama lorsqu'elle décrocha :

« Bonjour, ma chérie !

– Bonsoir, mon amour… J'ai une bonne nouvelle : Manon se réjouit par avance d'habiter ton appartement parisien !

– Parfait, j'en suis très heureux… À propos, as-tu été à nouveau harcelée par la voix au téléphone ?

– Non, les appels ont définitivement cessé… Tu en informeras ton ami Charles et remercies le encore de ma part.

– Concernant notre affaire, as-tu reçu des nouvelles de l'avocat ?

– Oui, il m'a contactée… Le juge a ouvert le dossier de reconnaissance de paternité à réception des résultats du test. La procédure devrait être close vers mi-novembre. »

Les tourtereaux poursuivirent leur discussion qu'ils achevèrent en roucoulant de tendres mots d'amour, comme chaque fois !

23

Août s'acheva. Septembre emporta l'été. En France, octobre et novembre défilèrent, balayés par les vents humides de l'automne.

À Teotihuacán débutait l'hiver étonnamment chaud et sec du climat tempéré de l'altiplano mexicain.

Assidus à leurs tâches, les deux scientifiques travaillaient avec opiniâtreté. Les résultats se présentaient à la mesure de leur persévérance. Ils en éprouvèrent une grande fierté. Sans aucun doute auraient-ils pu aller plus loin et atteindre leur but avec une année supplémentaire.

Le Pr Ortiz se félicita de la détermination des deux confrères. Comme il s'y était engagé auprès du Pr Ferrell, la traduction des textes de publication en plusieurs langues commença au fur et à mesure qu'ils lui parvinrent. Ils furent adressés aux organismes spécialisés de la presse scientifique.

***

Un dimanche d'octobre, le Dr Cortone envisagea de visiter l'une des *ciudades perdidas*, les bidonvilles de la mégapole mexicaine. Dans ces villes perdues des banlieues désavantagées vivent des pauvres parmi les pauvres.

Il avait aperçu ces lieux défavorisés lorsque Juan Carlos l'avait conduit à l'aéroport de Mexico.

Le savant fit part de son projet à son collègue et ami Alejandro et lui demanda de bien vouloir l'accompagner dans cette aventure.

Celui-ci parvint à le dissuader par un discours dont les arguments massue mis en avant le convainquirent.

Il argua que l'insécurité permanente régnait dans ces zones difficiles d'accès aux étrangers, aux secours ainsi qu'à toutes formes d'autorités.

Les conditions d'hygiène déplorables, sources de contaminations et d'infections pour les habitants, distinguaient ces localités où vivaient des populations démunies de tout.

Les groupes criminels qui infiltraient ces quartiers déshérités les utilisaient comme repaires ou points de vente de drogue.

Sa dialectique rigoureuse et convaincante eut raison du projet.

***

Durant le mois d'octobre, les deux amants se téléphonèrent à maintes reprises. Elle appela Giacomo à deux occasions lors de la troisième semaine, en particulier.

La première fois, Claire lui annonça que Le Tribunal de Grande Instance avait fait droit à la demande de paternité. Le juge d'instruction avait établi et prononcé la filiation. Il fut reconnu officiellement et définitivement père biologique de Manon.

Seule demeurait en suspens l'attribution du patronyme. Engager une procédure s'avèrerait de nouveau nécessaire. Dans cette attente Manon garderait le nom de Mardeuille, celui de son père adoptif.

Le Dr Cortone éprouva une intense émotion avant de commencer à parler :

« Chérie, j'ai hâte de vous retrouver et de vous serrer toutes les deux dans mes bras.

– Moi aussi, mon amour…

– J'ai informé les Professeurs Ortiz et Ferrell de notre situation personnelle. Compte tenu de l'état d'avancement de notre travail, ils sont d'accord…

– D'accord… D'accord, sur quoi ?

– Nous pourrons nous retrouver aux vacances de Toussaint !

– Je connais une jeune fille et sa maman qui seront très heureuses de te revoir ! »

Ces mots comblèrent Giacomo d'une joie immense. Un sourire de satisfaction égaya son visage.

La seconde fois, Claire l'informa que Manon et elles s'installeraient chez lui à Paris pendant les vacances de Noël. Cette nouvelle combla de bonheur Giacomo à tel point qu'il exulta en son for intérieur.

***

À la fin du mois d'octobre, le Pr Ortiz organisa une téléconférence en présence du Pr Ferrell, de Giacomo et Alejandro.

Ensemble, ils analysèrent tous les éléments de la situation relative à la mission. En particulier, les communications scientifiques éditées et restant à publier retinrent leur attention. Ils se félicitèrent des résultats obtenus jusqu'alors.

Le Pr Ortiz se réjouit de constater les progrès décisifs des travaux des deux hommes de science. Désormais, il avait bon espoir d'en voir le terme avant la fin du mois de décembre.

Avant la levée de séance, il les informa des résultats prometteurs révélés cette année par les fouilles entreprises sous la pyramide de la Lune depuis le mois de juillet. Fouilles dirigées par deux archéologues de notoriété internationale : l'américain Saburo Sugiyama et Rubén Cabrera Castro, un confrère mexicain. [1-2]

---

[1] « *Les fouilles de la pyramide de la Lune, menées de 1998 à 2004 sous la direction de Saburo Sugiyama et de Rubén Cabrera Castro, ont permis d'identifier une séquence de sept édifices superposés au fil du temps et considérablement élargi la connaissance des pratiques cultuelles grâce à la découverte de cinq dépôts-offrandes.* » - Plus de détails sur le site : https://fr.wikipedia.org/wiki/Teotihuacan,Wikipedia,7.10.2024.

[2] « *L'objectif de ce projet était d'étudier l'extérieur de la pyramide et d'explorer, au moyen de tunnels de fouilles, les anciens bâtiments à l'intérieur de la pyramide. Les structures, sépultures et offrandes découvertes et examinées au cours du projet fournissent des informations sur les rituels et les croyances des anciens Teotihuacans, les dimensions et les dates de la pyramide et les activités menées dans les environs immédiats de la pyramide.* » - Plus de détails sur le site : https://shesc.asu.edu/content/pyramid-moon-project-1988-2004, Arizona State University, 7.10.2024.

À ce sujet, le Pr Ortiz décrivit avec aisance des points techniques d'une importance capitale : « L'édification de la pyramide de la Lune résulterait d'une superposition de plusieurs monuments, à la différence de celle du Soleil. Les archéologues avaient dénombré au moins trois phases de construction successives, mais il pourrait y en avoir davantage. Bien entendu, tout cela restait à démontrer dans les années à venir. »

Alejandro et Giacomo pressentirent des opportunités de missions sur ce chantier à échéance d'un an ou deux.

***

Le Dr Giacomo Cortone s'envola pour une semaine en métropole. Elle ne coïncidait pas par hasard avec les vacances de Toussaint en France !

Dimanche 1er novembre 1998

Le matin de bonne heure, le Dr Cortone débarqua à l'aéroport de Lyon-Satolas. Il récupéra ses bagages, les clés de la voiture qu'il avait réservée et quitta l'aérogare valise en main, sac en bandoulière.

Un bus navette de l'aérogare le conduisit à l'emplacement des véhicules de location où il chercha celui qui lui était attribué et s'en alla.

Il suivit les indications de la signalisation routière jusqu'à Saint-Etienne. Il se dirigea vers le quartier de La Terrasse, la route nationale N82, vers les communes de La Fouillouse, Andrézieux-Bouthéon, Bonson, Sury-le-Comtal. Il arriva enfin à Montbrison.

Giacomo stationna la voiture sur le parking devant l'immeuble. Il descendit, agrippa la poignée de sa valise, chargea son sac sur une épaule, se présenta devant la porte du hall. Il sonna, entra lorsque la serrure se déverrouilla. Il gravit les marches de l'escalier, parvint au palier haletant.

Sourire aux lèvres et bras tendus, ses parents l'attendaient sur le seuil de l'entrée. Satisfait de les retrouver, il les embrassa avec tendresse. Giacco prit leur visage entre ses mains et baisa chacune de leur joue parcheminée.

Mamma versa une petite larme. Papà dévisagea son fils avec fierté, sans prononcer une parole. L'expression de son doux regard exprimait d'affectueuses pensées.

Ensemble ils entrèrent dans l'appartement.

***

Plus tard dans la journée, assis dans le fauteuil du salon, Giacomo appela Claire. Ce soir, elle avait une urgence, mais demain la cardiologue ne travaillait pas. Ils se donnèrent rendez-vous chez elle avec Manon.

Ils conversèrent longtemps et cessèrent à contrecœur.

Lundi 2 novembre 1998

Le tonnerre grondait sur les cimes des monts du Forez. Là-haut, les éclairs déchiraient le ciel plombé. Il pleuvait lorsque Giacomo se leva.

Debout devant la croisée de la chambre il regarda tomber la pluie incessante. Le vent projetait les lourdes gouttes d'eau contre les vitres. Elles s'accumulaient, s'entremêlaient les unes aux autres, ruisselaient jusqu'en bas, puis s'écoulaient vers le rebord de la fenêtre avant de se déverser sur le sol. Giacomo Cortone murmura : « Triste journée. »

L'automne tempêtait, l'hiver approchait. Les ramures défeuillées des tilleuls et des platanes avoisinants s'agitaient sous la violence des bourrasques.

Les mésanges ne tintinaient plus, ne jouaient plus à saut-de-mouton de branche en branche. L'été s'en était allé.

Les pensées du scientifique tourbillonnaient, mêlées aux dernières feuilles mortes que balayaient des tourbillons sauvages. Mais, ses sentiments s'envolaient ailleurs. Devant la scène ventée du spectacle automnal qui se jouait sous ses yeux, il grommela en insistant : « Morne journée. »

Le fils prodigue déjeuna avec ses parents. Le questionnement achevé, ils relatèrent les potins du voisinage. La famille Cortone fit salon en dégustant une tarte aux pommes façon mamma et son café à l'italienne. Pour l'occasion, Mario sortit du bar son meilleur *limoncello*.

***

La sonnette tinta. Manon se précipita à la porte d'entrée et ouvrit. Elle se jeta dans les bras de son père. Il vacilla sous l'impulsion du bond, se stabilisa en la serrant fort contre lui.

Elle passa les bras autour de son cou, blottit sa tête sur son épaule, puis chuchota à son oreille : « Papa, tu m'as manqué. »

Cette démonstration primesautière d'amour filial, dont il avait oublié l'émotion depuis trop longtemps, lui procura une joie intense.

La scène émut la mère aux larmes. Claire les essuya d'un revers de main. Elle s'approcha, enlaça chacun d'eux avant d'embrasser Giacomo d'un doux baiser. Elle prit sa main en le tirant à l'intérieur :

« Viens t'assoir avec nous au salon, dit-elle un sourire aux lèvres.

– M'offriras-tu un verre de verveine ? osa Giacomo d'un air coquin.

– Il est trop tôt, mais volontiers plus tard ! répondit-elle sur un ton aussi coquin. »

Tous trois s'installèrent sur le canapé et se mirent à discuter.

Il interrogea sa chérie sur la fin de sa fonction actuelle, sur le commencement de la prochaine. Elle cessera le 12 décembre au C.H.U. de Saint-Etienne. Le 11 janvier, elle débutera dans l'établissement hospitalier parisien, selon la date indiquée dans la convention reçue par courrier. L'accord définitif de sa candidature à ce poste lui parviendrait ultérieurement.

Claire sonda son chéri sur l'avancement de la mission, désira savoir quand envisageait-il son retour en France. Après avoir répondu à la première partie de l'interrogatoire, il ajouta :

« Je reviendrai en France avec vous.

– Comment ça, avec nous ? réagit Manon.

– Cette année tes vacances de Noël s'étalent du 19 décembre 1998 au 3 janvier 1999, n'est-ce pas ?

– Oui, répondit la fillette…

– Maman et toi vous installerez chez moi à Paris les 19 et 20 décembre… Mardi 21, vous vous envolerez pour Mexico… Vous me rejoindrez à Teotihuacán jusqu'au 2 janvier 1999 et dimanche 3 janvier nous rentrerons tous les trois à Paris !

– Chouette, alors ! Tu savais, Maman ? demanda-t-elle tournant la tête vers sa mère.

– Oui, ma chérie…

– Et tu ne m'as rien dit !

– Ton père et moi avons organisé ce plan de vacances pour t'en faire la surprise.

– Je suis très heureuse… Tout cela m'enchante, car nous serons ensemble pour fêter Noël ! »

Manon fut transportée d'une jubilation extrême qu'elle ne put ni contenir ni dissimuler.

Des larmes de joie coulèrent sur ses joues rosies. Sa mère lui tendit un *kleenex*. La fillette le saisit, sécha ses larmes. Émue, elle se réfugia dans sa chambre.

***

En début de soirée, Claire revint de chez ses parents chez qui elle avait emmené Manon.

Giacomo l'attendait assis sur le canapé. Elle entra dans le salon, avança jusqu'à lui :

« As-tu faim ou soif ? demanda-t-elle en s'asseyant à côté de lui.

– Oui, j'ai faim et soif de ton corps !

– Mon amour, j'ai autant envie de toi ! »

Il se leva, l'enlaça, l'étreignit, l'effleura de ses lèvres brulantes, couvrit son visage et son cou de baisers passionnés. Elle frémissait, se délectait du bien-être délicieux de ses câlins.

Giacomo la transporta dans la chambre. Elle alluma la lampe de chevet qui éclaira la pièce d'une lumière bleutée. Chacun déshabillant l'autre, ils se hâtaient avec lenteur afin que dure l'instant. Leurs mains avides de caresses mirent à nu leurs corps lascifs.

Leur sensualité s'éveilla graduellement. Elle cabra son corps de plaisir. Ses doigts souples caressaient la peau veloutée de son amant, ses cheveux, son dos. À la cadence retenue de ses vigoureuses assiduités ils atteignirent ensemble l'exultation suprême de la félicité.

Leur désir assouvi, elle se retourna contre lui. Ils reprirent leur souffle, discutèrent un moment, puis se glissèrent dans le sommeil, tranquilles. Claire se réveilla au milieu de la nuit.

Elle se rapprocha de Giacomo endormi et contempla son visage serein à la lueur de la lampe. Sa tête soulevée sur le coude, elle écouta sa respiration paisible. Elle ne put s'empêcher d'effleurer le contour de sa bouche du bout de ses doigts. Il s'éveilla, ouvrit les yeux et aperçut les lèvres souriantes de Claire. Il sourit aussi, heureux.

Ils s'embrassèrent de nouveau avec passion. Progressivement, le désir les poussa à reprendre leurs ébats amoureux.

***

La semaine durant ils se démenèrent à un rythme effréné.

Ils déjeunèrent chez leurs parents respectifs, sortirent le soir avec des amis communs d'avant leurs retrouvailles, allèrent tous trois au cinéma.

Ils s'occupèrent des préparatifs de fin d'année. En particulier, ils programmèrent et organisèrent l'installation de Claire et Manon à Paris, réservèrent les billets d'avion pour les vols de fin d'année à Mexico et les retours à Paris.

La plupart du temps Giacomo dormit chez Claire. Cependant, il passa la dernière journée de vacances chez ses parents.

Mardi 10 novembre 1998

De retour à Teotihuacán l'anthropologue constata avec satisfaction que les conclusions des recherches avaient avancée de manière considérable. Alejandro avait laissé le soin à Giacomo de rédiger les articles scientifiques. Tâche à laquelle il s'attaqua, enthousiasmé.

Mercredi 18 novembre 1998

Lors de ses dernières vacances, Giacomo avait noté sur son agenda la date du stage de rééducation cardio-respiratoire que son père entreprendrait à partir de la seconde quinzaine de novembre.

Il téléphona donc à sa mère. Après qu'elle l'eut informé des récentes nouvelles, il lui demanda :

« Papà a-t-il commencé le stage ?

– Le courrier est arrivé vendredi dernier... Le stage a débuté ce lundi. Il durera jusqu'à la fin du mois de décembre, quatre séances par semaine.

– Le courrier indique-t-il le programme ?

– Il y a une note avec des renseignements, mais je ne comprends pas tout.

– Lis la moi, mamma. »

Maria lut lentement le document. Giacomo mémorisa les phases principales qu'il résuma à sa mère.

Étaient planifiées des séances de clarification des pathologies cardiaques de chaque patient du stage ainsi que d'autres activités : gymnastique, psychologie, sophrologie, aides spécifiques aux diabétiques et au sevrage tabagique pour les fumeurs. Étaient précisées les formalités d'accueil, la composition de l'équipe d'encadrement, les modalités de prise en charge du premier rendez-vous jusqu'à la tenue de sport à prévoir.

Le contenu de la note explicative le rassura. Il conclut que son père comprendrait mieux sa maladie chronique, renforcerait son moral, tonifierait son corps.

Samedi 21 novembre 1998

Agitée par la lettre qui lui était parvenue hier, Claire téléphona à Giacomo :

« Allô, mon amour… Il fallait que je t'informe au plus vite.

– Oui, ma chérie… Que se passe-t-il ? Qu'as-tu ?

– J'ai reçu la réponse.

– La réponse à quoi ? Tu me sembles en effervescence.

– Au poste auquel j'ai postulé dans ce grand hôpital parisien, tu sais bien !

– Et alors ?

– C'est officiel et définitif, ma candidature est acceptée !

– Je me réjouis pour toi et surtout de t'entendre heureuse. Tu mérites ce poste de première importance.

– Je suis convoquée à Paris le 8 janvier… Je prendrai mes fonctions le 11 janvier en qualité de chef du service de cardiologie !

– Félicitations, ma chérie !

– Ah, oui ! Le juge m'a adressé le courrier de clôture du dossier de reconnaissance de paternité… Tout est désormais réglé. »

Comme de coutume, ils discutèrent un long moment.

24

Décembre fut un mois hors du commun pour les Drs Ramirez et Cortone. Leurs activités allèrent bon train.

Ils achevèrent la mission avant la fin du temps imparti. Ceci leur valut les félicitations et la vive reconnaissance des Prs Ortiz et Ferrell.

Les articles à paraître furent validés, traduits en anglais et espagnol. Ils furent transmis aux médias officiels ainsi qu'aux organismes de presse scientifique internationale spécialisés qui les diffuseraient.

En vue de la poursuite des fouilles sous la pyramide de la Lune, Alejandro avait obtenu une fonction temporaire sur le site.

De ce fait, il demanda à Giacomo de bien vouloir lui céder la location de l'appartement où il vivait à Teotihuacán, lorsqu'il partirait. Le propriétaire accepta sans difficulté l'échange de locataire.

***

De l'autre côté de l'Atlantique, Claire et Manon vécurent les grands bouleversements de décembre convenus avec Giacomo.

Les 19 et 20 décembre, elles s'installèrent à Paris dans l'appartement de Giacomo. Il avait informé Madame Rose, la concierge de la résidence et avait demandé de le préparer afin de les héberger comme il convenait.

Le 21 décembre, elles s'envolèrent pour Mexico. Giacomo et Juan Carlos vinrent les accueillir de nuit à l'aéroport international. Le chauffeur les conduisit au domicile du Dr Cortone à Teotihuacán.

L'automobile noire surgit de l'avenue Cruz de la Misión, vira autour du rond-point avant de s'immobiliser contre le trottoir.

Empressé, le conducteur sortit de l'habitacle. Il contourna le véhicule, se précipita afin d'ouvrir la porte arrière droite, puis celle de gauche.

Claire et Manon sortirent de la berline. Juan Carlos saisit les bagages dans le coffre et les déposa sur le trottoir : « Bienvenue au Mexique, agréable séjour chez nous à Teotihuacán. » Ils le remercièrent et le saluèrent.

Le chauffeur reprit sa place, verrouilla la porte du coffre, celle des portières. Le moteur bourdonna, l'automobile démarra, s'engagea dans l'avenue Cruz de la Misión où elle disparut.

Chacune empoigna ses valises, Giacomo se chargea des sacs. Ils montèrent par l'ascenseur jusqu'au dernier étage.

Aussitôt à l'intérieur, le Dr Cortone entreprit une visite guidée rapide du domicile :

« Excusez-moi, mais il n'y a que deux chambres, dit-il à mi-voix.

– Manon dormira au salon et moi dans l'une des chambres, taquina Claire.

– Il y a un grand lit dans celle de papa… Maintenant que j'ai une mère et un père reconnu, nous formons une vraie famille. Vous pourrez y dormir tous les deux et moi dans la petite chambre.

– Pragmatique cette jeune fille, je suis d'accord et ce sera mieux qu'au salon ! opina Giacomo rayonnant de joie.

– Qu'en dis-tu, maman ?

– J'entends que vous vous êtes ligués contre moi. Ai-je d'autre choix que d'accepter ? »

Manon se précipita vers sa mère. Elle l'enlaça affectueusement, puis demanda à son père de les rejoindre : « Je suis heureuse de vous avoir tous les deux avec moi. » Devant ces manifestations d'attachement filial, ils la gratifièrent de baisers affectueux.

***

Le lendemain matin, le Dr Cortone présenta Claire et Manon au Pr Ortiz à qui il avait exposé sa situation personnelle au retour des vacances d'été.

Le Professeur les reçut dans son bureau, leur proposa thé, café, chocolat et biscuits. Il discuta un moment avec Claire et Giacomo, mais sembla ignorer Manon.

La visite fut de courte durée, car il s'activait afin d'achever les derniers courriers relatifs à la mission, mentionna-t-il. Mission dont il n'oublia pas de préciser qu'elle était sienne et de s'intégrer à l'équipe de recherche.

En sortant du bureau, il suggéra à Giacomo de les emmener au musée de la Culture de Teotihuacán au site archéologique.

À titre privé le Dr Cortone avait sollicité les services de Juan Carlos auprès de la société de taxi. Il avait établi une liste de promenades à Teotihuacán, Mexico City et aux alentours.

L'après-midi, le chauffeur conduisit toute la famille à San Juan de Teotihuacán. Les rues, les édifices religieux, les arbres des contrallées étaient décorés en vue des festivités de Noël. Tous trois firent des emplettes pour le réveillon qu'ils avaient prévu de fêter à l'appartement.

Le jour suivant, Juan Carlos les emmena à la capitale. Ils parcoururent de spacieuses salles du Musée National d'Anthropologie, les larges et longues avenues de la mégapole, la place de la Constitution, le Zócalo ainsi que les vestiges de Tenochtitlan, l'antique capitale aztèque devenue Mexico.

Elles admirèrent l'un des édifices religieux les plus marquants de l'architecture coloniale espagnole : la cathédrale de l'Assomption de la Bienheureuse Vierge Marie au Ciel de Mexico ou, en résumé, la cathédrale métropolitaine.

Giacomo les emmena au remarquable Palais des Beaux-Arts dans le centre historique. Le premier opéra de la capitale fédérale dont l'originalité réside en son prodigieux intérieur Art déco et son grandiose extérieur Art nouveau.

Les édifices publics, gratte-ciel et monuments de la ville émerveillèrent mère et fille. Toutefois, les séquelles encore visibles de l'effroyable séisme du 19 septembre 1985 impressionnèrent Manon. Le cataclysme de magnitude supérieure à huit sur l'échelle de Richter, dont l'épicentre se situait au large de la côte pacifique, provoqua la mort de dix mille personnes et de stupéfiants ravages.

Tous trois passèrent une formidable journée dans la capitale embellie par d'éblouissants décors de Noël.

***

Le 24 décembre fut un jour de fête avant l'heure. Giacomo invita ces dames à déjeuner dans un endroit étonnant de la région.

Il avait réservé une table à « La Gruta », restaurant situé dans une grotte souterraine ouverte sur l'extérieur à proximité de la pyramide du Soleil.

Du haut de l'escalier d'accès, ils admirèrent l'extraordinaire beauté de la salle à manger en contrebas. Une immense excavation naturelle creusée par la violence de puissantes explosions volcaniques.

Sur toute la surface du sol, un grand nombre de tables attendaient les convives. Les chaises rustiques, peintes en vert, bleu, rouge, noir, rose ou orange, égayaient de leurs couleurs vives la blancheur immaculée des nappes.

Des centaines de lumignons, de photophores embrasaient le bar, la scène, le fond de la salle, les bouquets de fleurs. Guirlandes d'or ou d'argent étincelaient sur les parois de lave, sur les plantes grasses, sur les supports en forme de sapin constitués d'innombrables poinsettias rouges.

Des milliers de lumières et teintes éclatantes chatoyaient dans leurs yeux émerveillés.

Ils descendirent dans la salle illuminée. En costume traditionnel mexicain, un serveur les accueillit, puis les conduisit à la table qui leur était réservée.

Pendant qu'ils s'attablaient, des musiciens *mariachis*, vêtus du costume régional *charro*, prirent possession de la scène.

Le groupe d'instruments à cordes commença à interpréter des airs caractéristiques du Mexique connus de la planète entière : la traditionnelle rengaine d'origine espagnole, « *La Cucaracha* » suivie de la célèbre chanson de Ritchie Valens, « *La Bamba* ».

L'ambiance du repas fut à la fête ! Claire et Giacomo se régalèrent d'une *barbacoa* aztèque ou *barbacha*. Ce délice est une recette pré-hispanique de bœuf mariné aux épices et piments, cuit à l'étouffée dans un four enterré et accompagné d'une salade de nopals locaux.

Les papilles moins gourmandes de Manon apprécièrent les *fajitas* de bœuf grillé et une excellente glace à la goyave.

Le soir, ils réveillonnèrent en famille à l'appartement !

Le jour de Noël, le Dr Cortone avait réservé une table pour un déjeuner traditionnel de Noël dans une hacienda typique enluminée de mille lumières multicolores.

Les visites à Mexico et aux alentours de Teotihuacán occupèrent les journées suivantes ainsi que les soirées, jusqu'à la fin de leur séjour.

***

Un soir, ils profitèrent de l'opportunité que leur avait offerte le Pr Ortiz : marcher le soir sur la Chaussée des Morts escortés d'un guide.

Au crépuscule, la petite famille rejoignit l'accompagnateur à la porte n° 5. Celui-ci ouvrit le portail et les emmena jusqu'à l'allée centrale. À mi-distance des deux extrémités, ils prirent la direction du nord.

La noirceur des massives pyramides du Soleil et de la Lune se profilait sur un fond de ciel moins sombre. Main dans la main, tous trois cheminèrent sur l'antique voie urbaine bordée de multiples plateformes cérémonielles.

Ils avancèrent en observant le firmament rempli de myriades d'étoiles parmi lesquelles luisait la lune. La nuit offrait un féerique spectacle lumineux.

Au-dessus de leur tête, au sein de la voute céleste s'étirait la fascinante écharpe galactique de la Voie lactée, scintillaient des astres à tout jamais disparus, brillaient des constellations lointaines aux formes fabuleuses.

Manon, aux anges, rompit le silence :

« On dirait qu'une fée a saupoudré l'univers d'un nombre indéfini d'étoiles avec sa baguette magique.

– Parmi elles irradient de bonnes étoiles, gardiennes de chacun de nous, enchaina Claire. Où se cachent les nôtres ? seraient-ce les plus étincelantes ?

– Selon Carl Sagan « *Nous sommes faits de poussières d'étoiles* ». Serions-nous tombés du ciel une nuit de grand vent ? poursuivit Giacomo avec une pointe d'amusement.

– Qui est Carl Sagan ? interrogea Manon.

– Carl Edward Sagan, un scientifique et astronome américain né en 1934, décédé en 1996, assura Giacomo. »

L'aphorisme de l'astronome les poussa à rire, mais pourquoi ne cacherait-elle pas un soupçon de réalité ?

Le trait fulgurant d'un météore traversa le champ de lumières coruscantes et fila s'évanouir dans l'obscure clarté de l'horizon.

Ils parvinrent au bout de la Chaussée des Morts. Là, ils firent halte sur la spacieuse place située au pied de l'imposante et remarquable pyramide de la Lune. Monument précolombien dont le contour sombre calque la silhouette du Cerro Gordo en arrière-plan, un vieux volcan de la Sierra de Guadalupe.

Le guide s'arrêta. Chacun cessa de marcher. Il prit la parole :

« Lundi 21 décembre, c'était le solstice d'hiver. Cette nuit-là, de nombreuses personnes s'étaient rassemblées au pied de la pyramide de la Lune. Certaines étaient montées sur la grande plateforme bâtie au milieu de la place, expliqua-t-il en la montrant du doigt.

– Que faisaient-elles ? questionna Claire.

– Elles étaient venues se ressourcer…

– Comment ? interrompit Manon.

— Visages et mains ouvertes tournées vers le ciel, elles interceptaient en silence les énergies de la nuit la plus longue de l'année.

— Le solstice d'hiver est signe d'espoir, de renouveau, de renaissance, de transformation, ajouta Giacomo. D'innombrables communautés célèbrent cette conjoncture en se recueillant sur des sites présumés leur apporter de bonnes vibrations.

— Je ressens qu'il en reste quelques-unes, s'écria Manon, en serrant fort les mains de ses parents qu'elle ne lâchait pas. »

Sous la blanche lumière lunaire, chacun rit de cette conclusion spontanée !

***

Quelles que soient les latitudes, les clairs de lune se montrent propices au romantisme et aux déclarations d'amour.

Les Aztèques associaient la Lune à l'aspect charnel de l'amour.

Nos civilisations occidentales s'attachent à ce que les premiers temps du mariage s'écoulent en de douces et merveilleuses lunes de miel, ces journées délicieuses, limpides, onctueuses, dorées, parfumées du nectar des fleurs.

Giacomo prit délicatement un bras de Claire et lui susurra des mots énamourés à l'oreille :

« Que battent nos cœurs à l'unisson.

– Mais, ils battent déjà à l'unisson…

– Comment ça ? demanda-t-il, surpris.

– Lorsque des personnes amoureuses sont face à face, leurs rythmes cardiaques et leurs fréquences respiratoires se synchronisent de manière naturelle.

– Prodigieux corps humain… Je découvre ces étonnants phénomènes physiologiques ! s'exclama-t-il en riant de bon cœur »

Giacco serra Claire dans ses bras,
embrassa tendrement ses joues fraiches.
Il souleva Manon et fit de même.
Ils s'en retournèrent main dans la main
et disparurent au loin
dans la moiteur de la nuit.

$\mathcal{F}in$

REMERCIEMENTS

Je tiens à exprimer mes remerciements à :

- Sylvie, mon épouse, ma complice et première lectrice, pour son amour, sa patience, ses conseils, son aide et son constant soutien.
- Chantal, une amie et voisine, pour ses remarques constructives, ses propositions pertinentes.
- Mes lectrices et lecteurs fidèles, ainsi que mes proches et amis, pour leurs commentaires et leurs encouragements permanents à poursuivre mes écrits.
- Toutes les personnes que je n'ai pas mentionnées, mais qui m'ont apporté leur soutien d'une manière ou d'une autre.

Remerciements particuliers à Jean Ducreux, Yves Montmartin, Simon Valmyche, écrivains et amis, pour leurs critiques positives, suggestions avisées et leur amitié.

« **Quand le cœur se dévoile** » représente mon sixième ouvrage et constitue ma première incursion dans le genre littéraire qu'est la romance. Après avoir consacré plusieurs mois à sa rédaction, en veillant à ce qu'il prenne forme et soit soigneusement peaufiné, j'ai finalement ponctué la dernière phrase, éteint et fermé mon ordinateur avec une pointe de nostalgie. Ma prochaine page écrite pourrait marquer le début d'une nouvelle histoire… dont l'orientation reste à découvrir !

Vous pouvez contacter et suivre

José CASATEJADA

- Par courriel :

    jcasatejada@wanadoo.fr

- Sur sa page Meta :

    https://www.facebook.com/jicesb/

- Sur son site web :

    https://www.jose-casatejada.fr/